DETROIT PUBLIC LIBRARY

W9-CHY-263

CONELY BRANCH LIBRARY
4600 MARTIN
DETROIT, MI 48210
(313) 224-6461

RELEASE DETROIT PUBLIC LIBRARY

DAMA DE UNA NOCHE
Chantelle Shaw

SEP - 2019

Cualquier forma de reproducción, distribución, comunicación pública o transformación de esta obra solo puede ser realizada con la autorización de sus titulares, salvo excepción prevista por la ley.
Diríjase a CEDRO si necesita reproducir algún fragmento de esta obra.
www.conlicencia.com - Tels.: 91 702 19 70 / 93 272 04 47

Editado por Harlequin Ibérica.
Una división de HarperCollins Ibérica, S.A.
Núñez de Balboa, 56
28001 Madrid

© 2018 Chantelle Shaw
© 2019 Harlequin Ibérica, una división de HarperCollins Ibérica, S.A.
Dama de una noche, n.º 2681 - 20.2.19
Título original: Wed for His Secret Heir
Publicada originalmente por Harlequin Enterprises, Ltd.

Todos los derechos están reservados incluidos los de reproducción, total o parcial. Esta edición ha sido publicada con autorización de Harlequin Books S.A.
Esta es una obra de ficción. Nombres, caracteres, lugares, y situaciones son producto de la imaginación del autor o son utilizados ficticiamente, y cualquier parecido con personas, vivas o muertas, establecimientos de negocios (comerciales), hechos o situaciones son pura coincidencia.
® Harlequin, Bianca y logotipo Harlequin son marcas registradas por Harlequin Enterprises Limited.
® y ™ son marcas registradas por Harlequin Enterprises Limited y sus filiales, utilizadas con licencia. Las marcas que lleven ® están registradas en la Oficina Española de Patentes y Marcas y en otros países.
Imagen de cubierta utilizada con permiso de Harlequin Enterprises Limited.
Todos los derechos están reservados.

I.S.B.N.: 978-84-1307-366-8
Depósito legal: M-39158-2018
Impresión en CPI (Barcelona)
Fecha impresion para Argentina: 19.8.19
Distribuidor exclusivo para España: LOGISTA
Distribuidor para México: Distibuidora Intermex, S.A. de C.V.
Distribuidores para Argentina: Interior, DGP, S.A. Alvarado 2118.
Cap. Fed./Buenos Aires y Gran Buenos Aires, VACCARO HNOS.

MIXTO
Papel procedente de
fuentes responsables
FSC® C108412

Este libro ha sido impreso con papel procedente de fuentes certificadas según el estándar FSC, para asegurar una gestión responsable de los bosques.

Capítulo 1

AQUELLA copa de antes de cenar estaba durando una eternidad, pensó mientras miraba el reloj y sentía rugir el estómago. Llevaba todo el día de reuniones y el triste sándwich que le había traído su asistente a la hora de comer había estado a la altura del aspecto que tenía. Las voces de los otros invitados al banquete se habían fundido en una especie de ruido sin sentido, y medio se ocultó tras una columna para evitar tener que charlar de cosas insustanciales con personas a las que no conocía y en las que no tenía interés alguno.

Fue entonces cuando vio a una mujer recolocando las tarjetas con los nombres de una de las mesas circulares. Sería un miembro del equipo de organizadores de eventos que había preparado la cena y posterior subasta que servirían para recaudar dinero destinado a obras benéficas. Pero llevaba vestido de noche, lo cual sugería que era una invitada, y vio cómo miraba furtivamente por encima del hombro al cambiar de lugar las tarjetas.

No era la primera vez que le ocurría algo así, reconoció con hastiado cinismo. El éxito sin precedentes de su línea de cruceros le había propulsado a ocupar los primeros puestos de la lista de los empresarios más ricos de Europa.

Había sido bendecido con un físico atractivo de modo que, antes incluso de amasar su riqueza, las mujeres ya lo perseguían, siendo como era un adolescente que llevaba a turistas en el barco de su familia a navegar por las islas griegas. Con dieciocho años disfrutaba de la atención de las innumerables rubias núbiles que revoloteaban a su alrededor, pero con treinta y cinco ya, era más selectivo.

La mujer era rubia, sí, pero no de su tipo. Recordó brevemente a su novia anterior, Lise, una alta y escultural modelo sueca de bañadores. Había salido con ella unos cuantos meses hasta que había empezado a percibir pequeñas indirectas acerca del matrimonio. La tan temida palabra que comenzaba por «m» ocupaba el último de sus intereses, y había puesto punto final a su relación con una pulsera de brillantes que hizo que la exclusiva joyería de Londres en la que tenía cuenta le enviara.

La cena se iba a servir a las siete y media, y los invitados comenzaban a ocupar sus puestos en las distintas mesas. Giannis caminó hasta la mujer que se aferraba con fuerza al respaldo de la silla, casi como si esperara que alguien fuese a reclamársela. Tenía el cabello del color de la miel y le caía en suaves ondas a la espalda, y al acercarse vio que sus ojos eran del gris de las nubes de lluvia. Era más atractiva que hermosa, con unos pómulos marcados y una boca bien dibujada que llamó su atención. Sus generosos labios resultaban abiertamente sensuales, y al ver cómo se mordía el inferior sintió un estremecimiento.

Sorprendido por la respuesta de su cuerpo teniendo en cuenta que había decidido que aquella mujer no se merecía ni un segundo vistazo, la miró de arriba abajo. Estatura media, cintura fina y unos unas curvas en los pechos y las caderas que no estaban de moda. Una vez más sintió tensión en el vientre al contemplar a placer los atributos que dibujaba a la perfección el escote generoso de su vestido negro de punto.

—Permítame –dijo con suavidad, apartando la silla y

esperando a que se acomodara antes de hacer él lo mismo en la silla de al lado–. Parece que vamos a ser compañeros esta noche... –hizo una pausa y miró la mesa–, señorita Ava Sheridan.

–¿Cómo sabe mi nombre?

–Está escrito en esa tarjetita –respondió con aspereza, preguntándose si le explicaría por qué había cambiado las tarjetas.

Un rubor le tiñó las mejillas, pero rápidamente recuperó la compostura y sonrió brevemente.

–Ah, sí. Claro –dijo, y volvió a morderse el labio con unos dientes blanquísimos. Una llamarada de fuego se encendió en su interior–. Encantada de conocerlo, señor Gekas.

–Giannis –ofreció con suavidad, y se recostó en su silla para poder mirarla sin distracciones.

Como quien predice lo que va a ocurrir, vio que sus ojos grises se oscurecían y que las pupilas se le dilataban. El encanto era natural en él. De hecho, lo había descubierto siendo bien joven: carisma, magnetismo... lo llamaras como lo llamases, él lo tenía a raudales. Los hombres lo respetaban y buscaban su amistad, muchas veces para descubrir después, una vez los había derrotado en un acuerdo comercial, que su aire de despreocupación escondía una determinación implacable por alcanzar el éxito. Las mujeres se sentían fascinadas por él y deseaban que se las llevara a la cama. Sin excepción.

Ava Sheridan no iba a ser diferente. Le ofreció la mano y, tras una mínima duda, ella puso la suya en su palma. Giannis se la llevó a los labios y vio cómo contenía el aliento cuando le rozó los nudillos.

Sí, se sentía atraída por él, pero lo que verdaderamente le sorprendía era la descarga de deseo que a él le recorría de la cabeza a los pies, dejando a su paso una incómoda erección. Menos mal que la mitad inferior de

su cuerpo estaba escondida bajo los pliegues del mantel. Fue un alivio que más invitados ocupasen su lugar
a la mesa y, mientras se hacían las presentaciones y los
camareros llegaban para servir el vino y el primer plato,
tuvo ocasión de poner su libido bajo control.

–¿Puedo servirte un poco más de vino? –le ofreció,
y ella dejó su copa aún mediada sobre la mesa. Entonces no pudo evitar mirarlo, y cuando sus ojos se encontraron, Giannis sintió el crepitar, el brillo intangible de
la atracción sexual palpitar entre ellos.

–Solo un poco, gracias.

Su voz era grave y melodiosa.

–¿Tú no quieres? –preguntó al ver que dejaba de
nuevo la botella en la cubitera sin servirse.

–No.

Le dirigió otra sonrisa, pero no le explicó que él
nunca bebía alcohol.

–Tengo entendido que haces donaciones a causas
benéficas con regularidad –dijo, mirándolo desde debajo de sus pestañas–... Giannis. Y que particularmente
te gusta apoyar a las familias que se han visto afectadas
por un consumo excesivo de alcohol. ¿Hay alguna razón en particular que te empuje a ese interés?

Giannis se puso en guardia, y de inmediato sospechó
al recordar cómo había cambiado las tarjetas de la mesa
para estar sentada a su lado. Fascinaba a los medios, y
no sería la primera vez que un periodista encontraba el
modo de colarse en la lista de invitados de cualquier
acto social con el propósito de conocerlo. Mayormente
solo querían cazar el último cotilleo sobre su vida amo-
rosa, pero unos años atrás, un reportero había sacado a
la luz una historia de su pasado que él no quería que le
recordaran, a pesar de que nunca podría olvidar el error
que había cometido con diecinueve años y que había
provocado la muerte de su padre. Los recuerdos de

aquella noche lo perseguirían por siempre, y la larga sombra de la culpa seguía cayendo sobre él.

—¿Eres periodista?

Ella enarcó las cejas. O era una consumada actriz, o su sorpresa era auténtica.

—No. ¿Por qué piensas que puedo serlo?

—Has cambiado las tarjetas de la mesa para que pudiéramos sentarnos juntos. Te he visto hacerlo.

—Yo... sí, lo admito —murmuró—, pero sigo sin comprender por qué piensas que soy periodista.

—Tengo experiencia con reporteros, en particular con los que trabajan para la prensa amarilla y utilizan métodos poco ortodoxos para intentar hacerme una entrevista.

—Te juro que no soy periodista.

—Entonces, ¿por qué has querido asegurarte de que nos sentáramos juntos?

Volvió a morderse el labio y Giannis se enfadó consigo mismo por quedarse mirándole la boca.

—Yo... esperaba tener la oportunidad de hablar contigo.

Su hermoso rostro estaba arrebolado, pero sus inteligentes ojos grises parecían sinceros, aunque no podía decir por qué estaba tan seguro de ello. Un atisbo de desesperación presente en su expresión abierta despertó su curiosidad.

—Bien, pues habla.

—Aquí no —Ava apartó la mirada de él y respiró hondo con la esperanza de poder calmar el desbocado latido de su pulso. Lo había reconocido nada más ver que se acercaba a la mesa en la que Becky, Dios la bendiga, le había reservado un sitio. Pero su asiento estaba al otro lado; demasiado lejos de Giannis para poder tener una conversación en privado con él, y había decidido correr el riesgo de cambiar las tarjetas, convencida de que nadie se daría cuenta. Y es que tenía imperativamente que hablar con Giannis acerca de su hermano. Se había gastado una fortuna en la entrada necesaria para asistir a aquel evento y se había comprado un vestido de noche bastante caro que seguramente no podría volver a ponerse. El único modo que tenía de evitar que Sam fuese enviado a un correccional era logrando convencer a Giannis Gekas de que retirase los cargos que había presentado contra él.

Tomó un sorbo de vino. Era importante tener la mente despejada, y tenía la intención de no probar el alcohol aquella noche, pero no se esperaba que Giannis fuese tan devastadoramente atractivo. Las fotos que había visto de él en Internet cuando había hecho una búsqueda del soltero más codiciado de Grecia no la habían preparado para su reacción al verlo sonreír. Atractivo no llegaba ni de lejos a describir su aspecto demoledor. Tenía una cara que era una obra de arte, pómulos y mandíbula esculpidos en piedra, ambas cosas suavizadas por una boca abiertamente sensual que solía componer una sonrisa perezosa. Ojos oscuros, casi negros que brillaban bajo unas gruesas cejas, y un pelo oscuro que él se tocaba constantemente, ya que tendía a caérsele sobre la frente. Pero aún más tentador que sus facciones perfectas como las de un modelo y su cuerpo con los músculos ideales era su rampante sexualidad.

Daba igual que Giannis fuese un dios griego bronceado. Lo único que le importaba era lograr que el idiota de su hermano pequeño no acabase en el reformatorio, y que no siguiera la vía delictiva de su padre.

Sam no era malo. Simplemente había descarrilado porque se mezcló con un grupo de chavales conflictivos que andaban por las calles cerca de su casa en East London. Y lo que era aún peor: la figura de su padre había empezado a fascinarle hasta el punto de que había renunciado a usar el apellido de su madre, Sheridan, y lo había cambiado por McKay, el de su padre. Ella había experimentado un gran alivio al salir del East End y de toda asociación con su padre, pero se sentía culpable de no haber estado allí lo suficiente para impedir que su hermano se metiera en líos.

Tomó otro sorbo de vino e inevitablemente miró al hombre que tenía sentado al lado. El futuro de Sam estaba en sus manos.

—Aquí no puedo. ¿Sería posible hablar en privado después de la cena?

Su expresión era insondable y, temiendo que fuera a rechazar la petición, se dejó llevar y puso una mano sobre la suya, que descansaba en el mantel.

—Por favor...

El calor de su piel color oliva le subió de inmediato por el brazo e iba a retirarla, pero él se la sujetó.

—Eso depende de si eres o no una compañera de mesa entretenida —musitó, y sonrió al ver su expresión confundida acariciando con el pulgar el dorso de su muñeca, en el punto en que latía un pulso errático—. Relájate, *glykiá mou*. Creo que es muy posible que podamos tener una conversación privada más tarde.

—Gracias.

—Cuéntame, Ava... por cierto, tienes un nombre precioso —el acento de Giannis era como el contacto del terciopelo en la piel—. Dices que no eres periodista. ¿A qué te dedicas?

Hablar de su trabajo como oficial al cargo de las víctimas de los delitos iba a resultar un poco raro, cuando el propio Giannis era víctima de un delito cometido por su hermano. Iba a tomar de nuevo la copa de vino pero cambió de opinión en el último segundo. La cabeza ya le daba vueltas.

—En este momento, estoy cambiando de trabajo —se

alegró de que la voz le saliera firme, a diferencia de sus emociones, que iban y venían como un serrucho–. Hace poco que he vuelto de Escocia a Londres para estar más cerca de mi madre y de mi hermano.

–He viajado bastante, pero no conozco Escocia. Tengo entendido que es muy bonito.

Ava pensó en las zonas deprimidas de Glasgow, donde había trabajado prestando apoyo a las víctimas en una organización de beneficencia, primero como voluntaria y después de graduarse en la universidad, como trabajadora del equipo de apoyo a las víctimas. En los últimos años, algunos de los deprimentes edificios grises de la ciudad habían sido derribados y reemplazados por casas nuevas, pero el elevado índice de desempleo seguía presente, al igual que el consumo de drogas, la violencia y la delincuencia.

Sentía que su trabajo prestando asistencia a personas que habían sido víctimas o testigos de un delito enmendaba, aunque fuera en pequeña medida, los terribles delitos cometidos por su padre, pero vivir en Escocia, tan lejos, le había impedido percibir los síntomas de que su hermano andaba metiéndose en la cultura de bandas de East London, el terreno de caza de su padre.

–¿Por qué te importa lo que yo haga? –le preguntó Sam cuando intentó hablar con él de su comportamiento–. Te largaste y yo te importo un comino.

Volvió sus pensamientos al presente y se dio cuenta de que Giannis estaba esperando una respuesta suya.

–Las Highlands tienen paisajes espectaculares –le dijo–. Si estás pensando viajar a Escocia, puedo recomendarte algunos sitios.

–Sería mejor que me acompañases y me hicieras de guía.

El corazón le dio un salto. ¿Estaría hablando en serio? Lo miró a los ojos, negros como la noche, y vio diversión y algo más que le provocó una extraña tensión en el vientre.

–No... no nos conocemos.

–Aún no, pero la noche es joven y está llena de posibilidades –musitó con aquel acento mediterráneo y grave que le hizo encoger los dedos de los pies–. Tengo unos días libres y me gusta, cuando visito un lugar nuevo, hacerme acompañar de alguien que lo conozca.

Ava se ahorró tener que contestar porque uno de los organizadores del evento llegó a su mesa para entregar unos catálogos con los objetos que se iban a subastar para recaudar fondos.

–¿Hay algo por lo que pretendas pujar? –preguntó él mientras lo hojeaba.

–Por desgracia no puedo permitirme gastar esa cantidad de dinero. Imagino que los coleccionistas de arte estarán esperando pujar por el cuadro de Mark Derring. Su trabajo es sorprendente, y el arte suele ser buena inversión. También hay algunos vinos interesantes. El Chateau Latour de 1962 va a suscitar mucho interés.

–De modo que eres experta en arte y en vino –se admiró–. He de confesar que me intrigas, Ava.

Ella se rio.

–No soy experta en ninguna de esas dos cosas, pero asistí a una escuela para señoritas en Suiza, y allí aprendí a hablar con confianza de arte, a reconocer buenos vinos y a conocer los puntos fundamentales de la etiqueta.

–No sabía que las chicas... bueno, imagino que solo las chicas, siguen yendo a escuelas para señoritas. ¿Qué te hizo decidirte a asistir?

–Mi padre pensó que sería una buena experiencia para mí –Ava sintió una tensión conocida en los hombros, como siempre que pensaba en su padre. La verdad era que intentaba no pensar en Terry McKay. Esa parte de su vida era pasado. Había perdido el contacto con las amigas que había hecho en el *Institut Maison Cécile de St Moritz* cuando su padre ingresó en la cárcel, pero los pocos meses que había pasado en aquella exclusiva escuela para señoritas, entre cuyas alumnas figuraban dos princesas europeas, le habían proporcionado las habilidades sociales y los modales exquisitos que le permitían sentirse cómoda en los eventos de la alta sociedad–. Pero no es justo –continuó. Tenía que acercase a él para que pudiera oírla por encima del murmullo de conversaciones del salón del banquete, y su olor, colonia almizclada mezclada con un perfume inasible a feromonas masculinas, hacía que su cabeza volara–. Yo te he contado cosas sobre mí, pero tú no me has contado nada de ti.

–Eso no es cierto. Te he dicho que nunca he estado en Escocia, aunque tengo la sensación de que voy a ir de viaje por allí muy pronto –bromeó.

Un estremecimiento sensual le recorrió la espalda. El sentido común dictaba que debía responder a su flirteo con risa y distancia, pero es que la fascinaba, y se sentía como una adolescente en su primera cita en lugar de una mujer experimentada de veintisiete años.

En realidad no es que fuera muy experta, le recordó una vocecita interior. En la universidad había salido con unos cuantos tíos, pero las relaciones se habían desvanecido pronto. Culpa suya por otro lado, ya que no se atrevía a permitir que alguien se le acercara y llegase a descubrir que llevaba una doble vida. Dos años atrás, había conocido a Craig en una fiesta que organizaba un colega del trabajo. Se había sentido atraída por su naturaleza abierta y confiada, y cuando se habían hecho amantes, se había dicho que quizás fuera posible un futuro juntos. Un año después, haciendo acopio de valor, le había revelado su verdadera identidad y Craig había reaccionado horrorizándose al saber que era la hija del infame Terry McKay, jefe del crimen organizado de Londres.

—¿Cómo vamos a formar una familia corriendo el riesgo de que nuestros hijos hereden los genes de tu padre? —había explotado él, con un gesto tal de desdén que se había sentido avergonzada.

—La delincuencia no es una enfermedad hereditaria —replicó, pero las palabras de Craig no habían dejado de perseguirla.

En circunstancias normales la puja de la subasta benéfica le habría parecido fascinante. La cantidad de dinero que se estaba pagando por algunos de los objetos era exorbitante. Giannis ofreció la puja más alta, una cifra de seis dígitos, por un paquete para dos en un spa de lujo situado en un resort exclusivo en las Maldivas. ¿Con quién pensaría ir? Sin duda tendría más de una amante donde escoger.

—Enhorabuena por haber conseguido el viaje al spa. No te culpo por preferir el viaje a las Maldivas antes que la visita a Escocia —le dijo, incapaz de contener un ligero tono mordaz al imaginárselo revolcándose con una supermodelo en un paraíso tropical.

—Lo he comprado para mi madre y mi hermana. Mi madre ha dicho muchas veces que le gustaría conocer las Maldivas, y al menos mi hermana estará complacida —dijo, con un matiz extraño en la voz.

Ava lo miró con curiosidad. Le gustaría saber más cosas de su familia. Le había parecido que se sentía tenso al hablar de su madre, pero le gustó saber que tenía una hermana porque quizás así comprendería la ansiedad que sentía ella por salvar a su hermano de una condena a la cárcel.

La subasta continuó, pero ella apenas se dio cuenta de lo que pasaba a su alrededor, ya que sus sentidos estaban centrados en el hombre que se sentaba a su lado. Mientras tomaba su café a pequeños sorbos y fingía estar centrada en el catálogo de la subasta, intentaba no mirar cómo las manos fuertes y bronceadas de Giannis llevaban la taza a sus labios. Pero su imaginación traidora la llevó a visualizar sus manos deslizándose por su cuerpo desnudo, conteniendo sus senos en la palma antes de inclinarse para llevarse los pezones a la boca.

¡Dios bendito! ¿Pero qué narices le estaba pasando? Con la cara abrasando, se tensó cuando él movió la pierna debajo de la mesa y sus muslos se rozaron. Estaba ardiendo y necesitaba desesperadamente escaparse al aseo para poder meter las muñecas bajo el agua y rebajar su temperatura.

–Disculpa –murmuró, apartando la silla de repente para levantarse–. ¡Ay!

Tardó unos segundos en comprender por qué un líquido que ardía le estaba empapando el vestido, pero la razón le quedó clara cuando vio a su lado a un camarero con una cafetera en las manos, y se imaginó que se había levantado al mismo tiempo que él se inclinaba sobre su hombro para rellenar su taza.

–¡Lo siento, señora!

–No pasa nada. Ha sido culpa mía –dijo con voz ahogada, deseando morirse de la vergüenza. Odiaba ser el centro de atención, pero todos los asistentes al evento la estaban mirando. El jefe de camareros se acercó rápidamente y añadió sus muchas disculpas a las que ya le había ofrecido el camarero.

Giannis se había levantado de su silla.

–¿Te ha quemado el café?

Su voz sonaba serena en pleno caos.

–Creo que estoy bien. El vestido se ha llevado la peor parte.

El café se había ido enfriando a medida que empapaba el tejido, pero el vestido estaba calado. Menos mal que era negro y que el café se podría quitar, pero no podía pasarse el resto de la noche con un vestido mojado.

–Ven conmigo.

Giannis la tomó por el brazo y fue un alivio enorme que la acompañase fuera. Sabía que tendría que llamar a un taxi para volver a su casa, pero mientras buscaba el teléfono en el bolso, apenas se dio cuenta de que habían tomado el ascensor hasta que las puertas se cerraron casi sin hacer ruido.

–Vamos a la suite que tengo en el hotel para que puedas asearte en el baño mientras pido que te limpien el vestido –respondió a la pregunta sin palabras que le hizo.

Estaba a punto de decirle que no era necesario que se tomase tantas molestias cuando se le ocurrió que, mientras esperaba a que le limpiasen el vestido, dispondría de la oportunidad perfecta para pedirle que renunciara a los cargos que había presentado contra su hermano. ¿Era razonable subir a la habitación de un hotel con un hombre desconocido?, le preguntó su sentido común, pero es que aquella podía ser la única oportunidad que tuviera de salvar a Sam, se recordó.

Las puertas se abrieron y descubrió que el ascensor los había llevado directamente a la suite de Giannis. Sin hacer caso del brinco que le dio el corazón, lo siguió y atravesaron el enorme salón.

–El baño está por ahí –dijo él, señalando una puerta–. Hay una bata del spa que puedes usar. Yo llamaré al servicio de habitaciones para que venga a buscar tu vestido. ¿Te apetece otra copa de vino, o más café?

–Creo que ya he tenido café suficiente por hoy –respondió con una sonrisa, y el estómago se le encogió cuando le vio mirarla fijamente a la boca.

De lo que sin duda había tomado más que suficiente era vino, pensó al entrar en aquel opulento baño de mármol y cerrar la puerta, antes de dejar escapar un suspiro tembloroso. Debía ser su imaginación fuera de control lo que le había hecho creer que la mirada de Giannis adquiría tintes depredadores al mirarla. ¿Miraría así a todas las mujeres? ¿Todas ellas se sentirían como la más hermosa, la más deseable que había conocido? Seguramente. Tenía una importante reputación de mujeriego, y poseía un encanto innato que resultaba irresistible.

Pero no para ella. Ella era inmune al magnetismo de Giannis. Se quitó el vestido empapado en café y, cuando estiraba el brazo para alcanzar el albornoz primorosamente doblado que había en una balda, vio su reflejo en el espejo del lavabo. Tenía las mejillas arreboladas y se le veían los ojos enormes debajo del flequillo. Normalmente solía llevar el pelo recogido en un moño, pero aquella noche se lo había dejado suelto, y le llegaba hasta la mitad de la espalda. Las capas con que se lo había cortado la peluquera lo hacía parecer espeso y lustroso, y en aquel momento, bajo la luz brillando del baño, parecía oro puro.

Ava se quedó contemplando su imagen, sorprendida de comprobar que había pasado de ser una chica corriente y ordinaria a una sirena sensual. Se había comprado un sujetador sin hombreras negro para ponérselo con el vestido y los pezones se le veían a través de las copas semi transparentes, y el tanga negro a juego era la lencería más atrevida que había tenido en su vida.

Se pasó las manos por la parte de los muslos que las medias altas dejaban al descubierto y experimentó una deliciosa necesidad en la pelvis. Se sentía sexy y seductora por primera vez desde que Craig la había dejado, y se imaginó la reacción de Giannis si la viera con aquella ropa interior.

Movió la cabeza. Debía ser el vino lo que la había desinhibido y llenado la cabeza de imágenes eróticas. Maldiciendo sus erráticos pensamientos, se colocó la bata y se ató firmemente el cinturón. No la iba a ver en ropa interior. Había subido a aquella suite con un único propósito: pedirle que le diera a su hermano otra oportunidad. Respiró hondo, abrió la puerta del baño y se dispuso para ponerse a merced de Giannis Gekas.

Se había recostado en el sofá, con las piernas largas estiradas delante y los brazos abiertos sobre los cojines del respaldo. Ya no llevaba chaqueta ni corbata, y se había desabrochado los primeros botones de la camisa, dejando al descubierto una uve de piel bronceada y vello negro. Su pose no podía ser más indolente, pero Ava tuvo la sensación de que, bajo su apariencia de civilizada, Giannis era un bucanero que vivía según sus propias reglas y que se apoderaba de cuanto quería, y su valor flaqueó.

Lo vio levantarse en el momento mismo en que entraba en el salón y se acercó a ella para recoger el vestido.

–Lo he aclarado cuanto he podido para quitarle el café y lo he escurrido –le explicó al entregarle aquel montón de tela empapada.

–Me han asegurado que te lo van a lavar y a devolver lo antes posible –le dijo él mientras se acercaba a la puerta. Al otro lado, en el corredor, aguardaba un empleado del hotel.

Cerró la puerta y volvió a su lado.

–Te he pedido un té y unos *petits fours* –dijo, señalando el servicio de té de plata que había sobre la mesita baja, delante del sofá–. Siéntate, por favor.

–Gracias –respondió. La mirada se le fue entonces a

un gran lienzo que se apoyaba contra la pared–. Es el Mark Dering de la subasta.

–He seguido tu consejo y pujé por él. Estabas sentada a mi lado –le recordó con ironía, lo que le hizo pensar que se refería a su cambio de tarjetas–. ¿No sabías que la puja más alta ha sido mía?

Ava se sonrojó. No iba a admitir que había estado tan concentrada en ocultar la intensa sensación que le provocaba estar a su lado que no había prestado mucha atención a la subasta. Giannis le dedicó una de sus sonrisas lentas, como si supiera lo rápido que le iba el corazón, y Ava se olvidó de respirar, atrapada por el brillo de sus ojos. No podría decir cuándo se había acercado a ella, pero se dio cuenta de que era mucho más alto que ella cuando tuvo que echar hacia atrás la cabeza para mirarlo.

Desde luego resultaba absolutamente arrebatador, pero no era solo el irresistible atractivo de sus facciones lo que a ella le hacía sentirse débil e inexplicablemente vulnerable. Destilaba confianza en sí mismo, lo que combinado con la sensualidad que palpitaba en él, componía una mezcla tan potente que la cabeza le daba vueltas.

–Te felicito por haber podido hacerte con el cuadro –murmuró, desesperada por decir lo que fuera y romper el hechizo de sus insondables ojos oscuros y de su sonrisa demasiado sexy.

–Prueba un *petit fours* –la animó, acercándole el plato con aquellos irresistibles pastelitos.

–No debería, pero por desgracia el chocolate es mi debilidad.

–¿Eres una de esas mujeres que se matan de hambre porque la industria de la moda dicta que la figura femenina debe ser delgada como un palo?

–Creo que es más que obvio que no me mato de hambre –respondió con aspereza.

El cinturón del albornoz se había aflojado y se sonrojó al mirar hacia abajo y darse cuenta de que lo tenía abierto, dejando al descubierto las curvas de sus senos. Rápidamente volvió a cruzárselo.

–Me alegro. Las mujeres deben tener curvas –sentenció, mirándola fijamente a los ojos, y el calor que se desprendió de su mirada hizo que su corazón dejase de latir un segundo–. Antes del lamentable incidente con el café, estabas deslumbrante con ese vestido. Tienes una figura exquisita, Ava –dijo con suavidad–, y me halaga que quisieras sentarte a mi lado en la cena.

Estaba claro que pensaba que el cambio de tarjetas se debía a que estaba interesada en él, pero su motivación había sido completamente diferente. Tragó saliva.

–Necesito...

No terminó la frase porque él alzó la mano y con suavidad le pasó la yema del pulgar por la comisura de los labios.

–Es que tenías chocolate –murmuró, mostrándole la mancha en el dedo, y Ava abrió los ojos de par en par cuando le vio metérselo en la boca.

¿Cómo un gesto tan inocuo podía resultar tan erótico? Ver cómo sacaba la lengua para lamerse el dedo la había hipnotizado, e inconscientemente se humedeció los labios.

«No olvides de por qué estás aquí», se ordenó, con el estómago hecho un nudo, pero era imposible pensar en su hermano cuando Giannis cambió de postura en el sofá y quedó mucho más cerca de ella. El corazón le latía tan fuerte en el pecho que le sorprendía que no resultara audible. Le parecía irreal estar en una lujosa habitación de hotel con un hombre devastadoramente atractivo que la estaba mirando como si fuera su mejor fantasía. En algún punto recóndito de su cerebro supo que había llegado el momento de soltar el discurso que traía ensayado, pero la sensación de irrealidad se hizo más profunda cuando Giannis levantó una mano y le acarició la mejilla antes de capturar su barbilla entre dos dedos.

—Me gustaría besarte, bella Ava —su voz era suave como un terciopelo que le acariciase los sentidos—. Y pienso que quizás a ti también te gustaría que te besara, ¿no? ¿Me equivoco? ¿Quieres que haga esto...? —rozó la boca de ella con los labios, tentándola con la promesa de otras delicias aún más dulces.

Tenía que reconocer que la química sexual había crepitado entre ellos desde el momento mismo en que se vieron por primera vez. Ninguno había cenado demasiado porque habían estado dedicados a lanzarse miradas cargadas de significado. No podía resistirse a la respuesta instintiva de Giannis, y con un suspiro de derrota, entreabrió los labios. Un temblor le recorrió el cuerpo cuando volvió a besarla y la realidad desapareció.

Fue como si la hubieran transportado a los confines de un universo en el que nada existía excepto los labios de Giannis moviéndose sobre los suyos, saboreándola, excitándola. Su aliento cálido llenaba su boca y sintió el calor tóxico de su cuerpo a través de la camisa blanca que llevaba cuando apoyó las manos en su pecho. En un minuto pondría fin a aquella locura apartándolo de su lado, se aseguró.

Giannis dejó su boca para avanzar a besos por su mejilla y llegar a su oreja para explorar su delicada forma con la lengua antes de morder delicadamente su lóbulo. Un estremecimiento la recorrió y ladeó la cabeza cuando él tomó el camino de su cuello y se detuvo donde llegaba la clavícula. Su piel se sentía abrasada por el calor de su boca. Quería más, quería sentir sus labios por todas partes, saboreándola y tentándola con aquella promesa sensual.

Al fin levantó la cabeza. Respiraba fuerte. Ava lo miró con los ojos muy abiertos y la mirada desenfocada. Nunca se había sentido tan excitada, excepto en sueños. Quizás aquello lo fuera. Un sueño del que no quería despertar.

–El café hirviendo que ese idiota te ha tirado encima te ha dejado marca en la piel –murmuró. Ava siguió la dirección de su mirada y vio que el delantero de la bata había vuelto a abrirse. Una zona de la piel donde se iniciaba el seno se veía rosa.

–No es nada –dijo, e intentó cruzarse la bata, pero él le apartó la mano y hábilmente deshizo el nudo del cinturón antes de levantarse y hacer que ella se levantara también. Era como estar atrapada en un extraño estado de semi vigilia en el que no podía hablar, y no protestó cuando él le deslizó el albornoz por los hombros y lo dejó caer al suelo.

Giannis retrocedió un poco y se dedicó a estudiarla lenta y deliberadamente, empezando por sus zapatos de tacón de aguja, subiendo por sus piernas con aquellas medias altas hasta llegar a la zona de piel desnuda que quedaba por encima. Ava no podía moverse, apenas podía respirar sintiendo su mirada posada en el tanga de seda negro antes de que por fin alzara la mirada y llegara a sus pechos, con los pezones sobresaliendo provocadoramente bajo las copas translúcidas del sujetador.

–*Eísai ómorfi* –dijo casi sin voz.

Aunque no había comprendido sus palabras en griego, que traducidas significaban *eres preciosa*, no había modo de malinterpretar el calor de su mirada, el hambre que hacía que sus ojos brillaran como azabache pulido. Sabía que no era preciosa. Aceptablemente atractiva sería quizás una descripción más realista, pero las palabras de Giannis habían sonado como si de verdad se lo pareciera.

No iba a tardar en poner fin a aquella locura, se dijo, pero por un momento más quería disfrutar de la sensación de poder femenino que la embargaba cuando Giannis iba a acariciarla y ella veía que la mano le temblaba. El playboy más buscado de Europa temblaba de deseo por ella. Era una sensación embriagadora.

Cuando era más joven nunca le hablaba a nadie de que su padre era un delincuente, pero el esfuerzo que necesitaba hacer para mantener oculto aquel vergonzante secreto la había hecho permanecer en guardia de modo permanente. Ni siquiera con Craig había podido relajarse por completo y disfrutar del sexo, lo que la había empujado a dar por sentado que tenía una libido escasa, pero en aquel momento el fuego que estaba ardiéndole en la sangre y el atronador latido del deseo que estaba experimentando revelaban una mujer apasionada y sensual que deseaba ser satisfecha.

Giannis la tomó en los brazos y la apretó contra el pecho, con lo que Ava fue consciente de lo fuerte que era, de lo musculoso y masculino, comparado con las suaves curvas de su cuerpo de mujer. Pero ella era fuerte también, se dijo, porque lo sentía estremecerse cuando se arqueaba contra él para que sintiera sus pezones endurecidos. Giannis reclamó su boca con urgencia, exigiendo una respuesta, y con un gemido ahogado ella se deshizo en su calor y su fuego, besándolo con una efervescencia que provocó que un áspero gemido se escapase de su garganta cuando al fin él levantó la cabeza y la miró a los ojos.

–Te deseo –dijo con voz ronca que la hizo temblar–. Me vuelves loco, Ava preciosa. Quiero verte desnuda en mi cama. Quiero tocar tu cuerpo y descubrir todos tus secretos, y luego quiero...

Y, acercándose a su oído, le explicó con todo lujo de detalles lo que quería hacerle.

El estómago de Ava dio un vuelco, y en algún lugar del mundo real, la voz de su sentido común la empujó a parar. A parar ya, antes de que hiciera algo que luego pudiera lamentar. Pero otra voz insistió en que, si dejaba pasar aquel momento, aquel hombre se esfumaría y ella lo lamentaría para siempre. No entendía qué había sido de la razonable Ava Sheridan, pero lo mejor era que no le importaba. Solo tenía una cosa en la cabeza y en la sangre: deseo, deseo, deseo... palpitaba por sus venas, haciéndole olvidar todo lo que no fueran las exquisitas sensaciones que Giannis estaba creando cuando cubrió uno de sus pechos con la mano y acarició el pezón por encima del fino tejido de su sujetador.

Ava gimió cuando él coló la mano por debajo del sujetador para jugar con su pezón, haciéndolo girar entre los dedos, provocando que una exquisita sensación se disparase en otro punto de placer entre sus piernas. Moriría si no la acariciaba ahí, que era donde anhelaba sentir sus manos.

Su risa suave la hizo ponerse roja como la grana cuando se dio cuenta de que había pronunciado la frase en voz alta.

—Ven conmigo.

Giannis tomó su mano y algo, ¿desilusión? ¿frustración?, endureció sus facciones cuando la vio dudar.

—¿Qué pasa?

Quería decirle que ella no solía tener aventuras de una sola noche y que nunca, jamás, había tenido sexo con un desconocido. No era impetuosa ni osada. En realidad, había sido mayor antes de tiempo, y solo por una vez, quería ser la mujer sexualmente segura que obviamente Giannis creía que era.

—¿Qué ocurre? —le preguntó con suavidad, apartándole el pelo de la cara en un gesto lleno de ternura que acabó de disipar sus dudas. El hambre que percibió en su mirada hizo que un calor sensual se arremolinara entre sus piernas.

–Nada –le aseguró, y su voz sonó ahogada, una voz que no reconoció como propia. Deslizó las manos por su camisa y desabrochó el resto de botones para poder apartarla y tocar su pecho desnudo. Su piel tenía un tacto sedoso, y estaba cubierta por un vello rizado y negro que se iba estrechando hasta llegar a la cinturilla de los pantalones. Le oyó tomar aire de pronto cuando echó mano a su cremallera.

–¿Estás segura?

No quería abandonar la fantasía y cuestionarse lo que estaba haciendo. Aquella nueva Ava atrevida ladeó la cabeza y lo miró con los ojos entornados.

–¿A qué estás esperando? –murmuró.

Él se rio. Fue una risa honda que le erizó el vello. Cada célula de su cuerpo estaba siendo tremendamente consciente de él y de la promesa que había en sus resplandecientes ojos oscuros. Se estremeció.

Sin decir una palabra más, la tomó de la mano para llevarla al dormitorio. En el centro de la habitación había una cama enorme. Alguien, seguramente una doncella, la había abierto, y el corazón de Ava perdió un latido al ver las sábanas de seda negra.

La cama con dosel había sido diseñada para la seducción, para la pasión, y se le ocurrió pensar que seguramente Giannis no tenía planeado pasar solo aquella noche. Quizás elegía mujeres con regularidad para tener sexo. Ese pensamiento le resultó algo inquietante, pero enseguida desapareció de su cabeza, reemplazado por una anticipación que sintió por toda la piel cuando Giannis se quitó la camisa, los zapatos y los calcetines antes de bajarse la cremallera del pantalón y deshacerse de él. Su mirada bajó hasta los calzoncillos negros y ajustados que no ocultaban su erección, y el gemido que se le escapó al mirarla evocó una primitiva necesidad de sentirlo dentro.

–Quítate el sujetador –ordenó.

El estómago se le encogió. Habría preferido que fuera él quien la desnudara, y vagamente pensó que le estaba dando la oportunidad de cambiar de idea. No iba a forzarla a hacer algo que no quisiera hacer. Devoró con la mirada su cuerpo perfecto y el deseo la avasalló. Lentamente se llevó las manos a la espalda y desabrochó el sujetador, dejando que sus senos quedaran desnudos.

–Preciosos –musitó, y su voz sonó áspera, como si le estuviera costando trabajo mantenerse controlado, y negó con la cabeza cuando vio que tenía intención de bajarse las medias–. Déjatelas puestas –gruñó–. Y los zapatos, también.

Con un solo paso le bastó para abrazarla y que sus senos se apretaran contra su pecho desnudo. Ava notó el escalofrío que lo estremeció al hacerlo.

–*Se thélo* –murmuró.

Sabía que aquellas palabras en griego significaba *te deseo,* pero no le quedó ninguna duda cuando movió las caderas en círculos contra ella y sintió su erección bajo los calzoncillos. Empujada por una necesidad que nunca antes había experimentado, que no se creía capaz de sentir, metió la mano bajo la prenda y tomó su pene.

–Bruja.

En un solo movimiento, los bajó y se deshizo de ellos. Ava sintió una duda momentánea al ver hasta qué punto estaba excitado, pero él la tomó en brazos para tumbarla sobre la cama y al sentir su cuerpo duro, masculino y totalmente desnudo empujándola contra el colchón, sus inhibiciones acabaron desapareciendo, tomó su cara entre las manos y tiró de él para besarlo, arqueándose contra su cuerpo cuando reclamó su boca en un beso devastador.

Una pasión salvaje y abrasadora se salió de control rápidamente, lanzándola más allá de la estratosfera, a un lugar en el que nunca había estado, donde solo existía la sensación de su piel caliente pegada al cuerpo de Giannis y las manos de él explorando su cuerpo en busca de sus puntos de placer con precisión milimétrica.

–Oh... –sollozó cuando Giannis lamió sus pezones endurecidos, hacia arriba y hacia abajo.

–¿Te gusta?

Su tono era indulgente, como si supiera de sobra lo mucho que le gustaba, pero Ava estaba demasiado embelesada para preocuparse por su arrogancia. Suspiró complacida cuando se lo metió en la boca y succionó con tanta fuerza que a punto estuvo de alcanzar el clímax en aquel mismo instante. Transfirió su atención al otro pezón y ella se aferró a sus nalgas, sintiendo cómo su larga erección presionaba entre sus piernas.

Giannis se soltó de ella un instante y cambió de postura sobre el colchón, pero Ava lo buscó frenéticamente, lo que le hizo reír. Ignorando sus manos que tiraban de él, abrió la cartera que había dejado en la mesilla y sacó un preservativo.

–Tienes ganas, ¿eh? –murmuró–. Toma –dijo, poniéndoselo en la mano–, pónmelo tú.

Torpemente tironeó del paquetito. No quería admitir que nunca antes había abierto un preservativo. Craig se ocupaba de preparase para el sexo, y cuando hacían el amor era siempre un intercambio rápido que la dejaba insatisfecha y convencida de que el problema era suyo.

Por fin consiguió abrirlo y se lo colocó.

–*Theos*, vas a matarme –dijo, respirando hondo cuando completó la tarea. Apartó el delicado tanga negro y acarició su carne sedosa, separándola para poder meter un dedo dentro de ella.

Resultó fantástico, pero no era suficiente ni de lejos. Ava se oía jadear y alzó hacia él las caderas. Necesitaba más, lo necesitaba a él...

–Por favor...

–Lo sé –murmuró, y Ava oyó el sonido de una tela al rasgarse. Entonces la tomó con un movimiento hondo y firme que la dejó sin respiración.

Giannis se quedó inmóvil un momento, y los músculos de sus hombros se marcaron ostensiblemente al estar apoyado en las manos. La luz de la lámpara dejaba su rostro en sombras, realzando ángulos y planos de las facciones marcadas de aquel desconocido que había reclamado su cuerpo.

–¿Te he hecho daño?

La preocupación que mostraba su voz la conmovió.

–No...

Se aferró a sus hombros cuando sintió que se retiraba. La sorpresa de su penetración estaba retrocediendo y sus músculos internos se habían distendido para franquearle el paso y que pudiera llenarla, satisfaciendo sus más secretas fantasías, cuando comenzó a moverse.

Debía haber notado que tenía que ir más despacio, y al principio fue casi delicado, moviendo las caderas en círculos y besando sus pechos y su cuello primero, y abriéndose camino hasta su boca después para hundir la lengua entre sus labios al mismo tiempo que la llenaba todavía más.

Ava alzó las caderas para recibir cada movimiento, sin ser consciente de los gritos frenéticos que dejaba escapar siguiendo el ritmo que él había establecido. Siguió penetrándola más hondo, con más fuerza, llevándola cada vez más alto, hasta que ella le clavó las uñas en la espalda desesperada por llegar a un lugar en el que nunca antes había estado, excepto cuando era ella la que se proporcionaba placer.

Él se rio.

–Relájate y llegará.

–No. No puedo... –gimió, frustrada.

Algo tenía que pasarle que le impedía llegar al orgasmo durante el sexo.

Sintió que Giannis deslizaba una mano entre sus cuerpos y obró magia con sus dedos sin dejar de penetrarla rítmicamente, más rápido, más rápido...

Era tan magnífico... el modo en que movía la mano, como si supiera exactamente cómo darle el máximo placer. Estaba siendo maravilloso, y la presión dentro de ella creía y crecía hasta que, de pronto, llegó. Quedó suspendida durante unos segundos incontables, al borde del éxtasis, hasta que la ola se estrelló contra ella y la arrastró en una vorágine de intenso placer que siguió y siguió, pulsando, chocando contra ella, arrancándole un gemido de la garganta.

Aun cuando las ondas del orgasmo comenzaron a desdibujarse, él siguió moviéndose dentro de ella con una urgencia que la dejó sin aliento hasta que, aferrado a sus caderas, rugió con la cabeza echada tan para atrás que los tendones del cuello sobresalían con el esfuerzo. Increíble pero cierto, Ava volvió a sentir otro orgasmo, rápido y agudo, cuando Giannis hizo un último movimiento y emitió un gruñido salvaje hundiendo la cara en su cuello mientras unas violentas sacudidas zarandeaban su cuerpo.

Una sensación de paz la envolvió y permaneció inmóvil. No quería que Giannis se apartara. Aún no estaba preparada para enfrentar la realidad de lo que acababa de ocurrir. Gradualmente el latido de trueno de su corazón fue serenándose. Le gustaba la sensación de tener su cuerpo grande y fuerte derrotado sobre ella, y sentir que sus brazos la rodeaban. Notaba los miembros pesados y unas sucintas ondas como restos de su orgasmo dejaban deliciosas vibraciones en su pelvis.

Así que en eso basaban los poetas sus sonetos,

pensó, sonriendo. No le pasaba absolutamente nada malo, que era lo que Craig sugería. El sexo con Giannis había sido alucinante, y había venido a demostrar que su cuerpo era perfectamente capaz de experimentar la pasión más intensa, y a juzgar por las reacciones de él, también había disfrutado del sexo con ella. No era frígida, sino una mujer sexualmente segura y receptiva.

Giannis levantó la cabeza por fin y la miró. Sus ojos eran oscuros e indescifrables, con lo que Ava volvió a ser consciente de que a pesar de que habían compartido el acto más íntimo que dos personas podían compartir, solo sabía de él lo poco que había en Internet. Lo desconocía todo sobre el Giannis Gekas verdadero, su familia, sus intereses, ni siquiera algo tan mundano como cuál era su comida favorita. Todo lo que sabía era que habían llegado a estar juntos por una química sexual inflamable, y cuando se dio cuenta de que él volvía a excitarse estando aún dentro de ella, no le importó nada más.

—Eres irresistible, *omorfiá mou* —murmuró—. Te deseo otra vez.

La excitación la atravesó de parte a parte y lo envolvió con las piernas para empujarlo más hondo. Giannis gimió.

—Tentarías hasta a un santo, pero antes necesito cambiar el preservativo. No te vayas.

La besó en los labios con una sensualidad que prometía más delicias, y se levantó para ir al baño.

Ava lo vio alejarse, la mirada clavada en su espalda fornida antes de bajar a la curva tentadora de sus nalgas, y un calor húmedo se acumuló entre sus muslos. Todo lo que estaba ocurriendo aquella noche le parecía irreal, como si estuviera en pleno sueño erótico que no quería que terminase nunca.

Capítulo 2

GIANNIS salió de la ducha, se secó y, con la toalla alrededor de las caderas, entró en el dormitorio. Miró a la cama. Ava seguía profundamente dormida. Su cabello del color de la miel estaba desparramado sobre las almohadas de seda negra, y tenía una mano bajo la mejilla. Parecía joven e inesperadamente inocente, pero las apariencias engañaban. La noche anterior no había habido ni rastro de ingenuidad en ella.

Su imagen de pie delante de él con aquellos tacones de aguja, medias negras y un tanga minúsculo tuvo un efecto en su cuerpo bastante predecible, y sintió ganas de quitarse la toalla y despertarla para disfrutar del sexo matinal, pero es que no había tiempo, así que dio la vuelta con cierta resignación y abrió el armario para elegir una camisa que ponerse con el traje. Mientras se vestía, repasó la agenda del día.

Tenía reuniones en París por la tarde y una función social a la que asistir por la noche, pero antes tenía pensado pasar por su casa de Hertfordshire. Iba a serle útil tener una base permanente en el Reino Unido, pero otra razón por la que había comprado Milton Grange era porque las tierras en las que se asentaba incluían un hermoso jardín. Quizás a su madre le apeteciera visitar la casa en verano, y a lo mejor cuidar de las rosas la animaría un poco. Últimamente andaba bastante decaída, lo cual no era nuevo en realidad.

Se había pasado la mayor parte de su vida adulta intentando hacer feliz a su madre. Su conciencia le insistía en que cuidar de ella era una penitencia bastante liviana, ya que nunca podría compensar la terrible falta de buen juicio que había conducido a la muerte de su padre, pero se despreciaba todavía más porque le resultaba difícil el trato con su madre. Incluso su hermana había llegado a sugerir que la impenitente tristeza de su *mitera* tenía por objeto hacer que se sintiera culpable.

Suspiró, y sus pensamientos pasaron de su madre a otra espina que llevaba clavada en el costado. Desde que Stefanos Markou había anunciado que pretendía vender Markou Shipping y retirarse del negocio, había estado intentando convencer al viejo de que le vendiera sus barcos.

The Gekas Experience, o también conocida por sus siglas TGE, poseía diez buques que ofrecían cruceros de lujo por el Mediterráneo y el Caribe. Los cruceros fluviales estaban creciendo en popularidad y los Giannis querían expandir la empresa y hacer de TGE el líder en este mercado turístico emergente. La flota de seis cargueros de Markou necesitaría ser reformada a fondo para poder transformarla en los cruceros fluviales de lujo más exclusivos, pero era más barato reformar barcos ya existentes que encargar la construcción de toda una flota nueva.

Pero, para frustración suya, Stefanos había rechazado su generosa oferta económica. Es decir, no es que la hubiera rechazado de plano, pero seguía añadiendo una condición tras otra para acceder a vender. De hecho, ya había logrado que accediera a mantener en sus puestos de trabajo a todos los trabajadores de Markou Shipping y a formarlos para que pudieran trabajar en sus cruceros. Más problemática resultaba la convicción de Stefanos de que quería vender su empresa a un hombre casado.

–La premisa ética de Markou Shipping es que la familia es lo primero –le había dicho–. Tenemos empleados que son la segunda e incluso la tercera generación de una misma familia, y ellos comparten los valores de la empresa de lealtad y consideración. ¿Qué crees que sentirían si te vendiera a ti la empresa, a un conocido playboy que considera a las mujeres solo una diversión placentera? Pero si te buscases una esposa y sentaras la cabeza, demostrarías con ello que crees en los ideales que mi bisabuelo, que fue quien fundó Markou Shipping hace más de cien años, tanto estimaba.

Giannis no sentía deseo alguno de casarse, pero había otro comprador potencial que competía con él, el empresario noruego Anders Tromska, que estaba casado y tenía dos hijos, algo que Stefanos valoraba, ya que consideraba a Tromska un dedicado padre de familia que nunca se había visto envuelto en ningún tipo de escándalo, ni había sido fotografiado por los periodistas cada semana con una rubia distinta colgando del brazo.

Estaba dispuesto a revisar al alza su oferta económica, pero por primera vez había descubierto que el dinero no podía solucionar todos los problemas. Parecía que el único modo de convencer a Stefanos de que le vendiera su empresa iba a ser buscarse una esposa por arte de magia.

Se puso la americana y apartó el problema Markou por el momento, encaminando sus pensamientos a una situación mucho más feliz. Su querido *Nerissa,* un yate a motor clásico que había sido el primer barco de su padre, había sido reparado y restaurado después de que unos vándalos lo destrozaran.

Mantenía el barco amarrado en el muelle de St. Katharine, y vivía en él siempre que iba a Londres, un grupo de jóvenes lo habían asaltado en plena noche para montar una fiesta. Un fuego se había iniciado en la cabina principal y rápidamente se había extendido al resto. Al parecer, un limpiador que trabajaba para la empresa que se dedicaba al mantenimiento del barco había robado las llaves y se había llevado a la banda de sus amigos a bordo del *Nerissa*. Habían podido escapar antes de que la policía llegase, todos menos el limpiador, que había sido arrestado y contra el que se habían presentado todos los cargos.

El director de la empresa de mantenimiento se había disculpado profusamente.

—El joven que se llevó las llaves de su barco tiene un historial en la policía de pequeños delitos, pero su trabajadora social me convenció para que le diera trabajo. La verdad es que me pareció un buen chaval, y su hermana, que lo acompañó a la entrevista, estaba ansiosa porque le ofreciera una oportunidad, pero como dice el refrán, la cabra tira al monte...

En su opinión, el limpiador que había sido hecho responsable del vandalismo sufrido por su barco se merecía ser encerrado en una celda y que tiraran las llaves al mar. *Nerissa* era algo muy especial para él, y guardaba unos recuerdos maravilloso de los días idílicos pasados en él con su padre. Ahora que el bote había sido reparado, lo había dispuesto todo para que lo llevasen de vuelta a Grecia, a su casa en la isla de Spetses.

Oyó ruido en la cama y se volvió a mirar. Ava se había vuelto boca arriba, la sábana había resbalado y dejaba al descubierto un pecho perfectamente redondo, con la piel clara que realzaba la seda negra de la sábana y adornado con un pezón rosa oscuro que él había disfrutado atormentando con la boca la noche anterior.

Una noche con aquella seductora de cabello dorado no había bastado para saciar el deseo que le inspiraba, la verdad, y la erección que experimentó en aquel momento le resultó bastante incómoda bajo los pantalones ajustados. Se quedaría con su número de teléfono y la llamaría cuando volviera a Londres. Puede que hasta le pidiera a su secretaria que le despejase unos cuantos días en la agenda para organizar un viaje a Escocia con ella. Su imaginación se desbordó al recrear como sería alojarse en un castillo y disfrutar del sexo delante de una buena chimenea. Tenía entendido que en las Tierras Altas llovía con frecuencia, así que tendrían que pasar el tiempo de algún modo, ¿no?

Por el momento, le esperaba un día muy atareado. Miró el reloj y fue a despertar a la Bella Durmiente.

—Buenos días —se inclinó sobre la cama y vio que sus largas pestañas se movían, pero que no se separaban de sus mejillas—. Ya es hora de levantarse, angelito.

La impaciencia empezó a notarse en su voz, y la zarandeó suavemente por el hombro.

Unas largas pestañas de color almendra subieron. Sus ojos grises estaban velados por el sueño, pero parpadeó y consiguió enfocar en su cara.

—Ay... Dios... mío —de pura vergüenza, su expresión resultaba casi cómica—. Creía que había sido un sueño.

—Mi objetivo es complacer —sonrió—. Tú también estuviste increíble anoche —dijo, posando la mirada en su seno desnudo, y ella rápidamente tiró de la sábana para cubrirse hasta debajo de la barbilla—. Pero ya es por la mañana. Las nueve, para ser exactos, y aunque eres verdaderamente tentadora, tengo un día muy ajetreado y tú tienes que vestirte.

—¡Ay, Dios mío! —repitió, y se incorporó apartándose el pelo enredado de la cara.

Estaba acostumbrado a ser obedecido de inmediato y frunció el ceño cuando, en lugar de levantarse de un salto de la cama, se dejó caer contra las almohadas y se tapó la cara con las manos. Le costó ocultar la irritación que aquello le provocaba.

—Anoche no fuiste tan tímida —bromeó.

—Lo de anoche fue un error —dijo sin apartar las manos—. Debí beber demasiado.

—Bebiste una copita de vino con la cena, así que no pretendas decir que no eras consciente de lo que hacías cuando te desnudaste delante de mí, o cuando me sugeriste que me aprovechara de ti. Cuando te pregunté si estabas segura de que querías sexo, casi me rogaste que lo hiciéramos.

Ava se incorporó de golpe y con la cara descubierta, negando con tanta vehemencia con la cabeza que su melena parecía una cortina de seda dorada alrededor de los hombros.

—¡Yo no te rogué! —respondió, ultrajada—. Sé lo que hice. Era responsable de mi comportamiento y no te culpo de nada, pero no debería haberme acostado contigo. Tendría que haberte pedido... ¡madre mía, qué situación! —de pronto abrió los ojos de par en par—. ¿Has dicho que son las nueve? ¡Ay, Dios mío!

Se levantó de la cama envolviéndose en la sábana, pero no lo bastante rápido para que Giannis no viera una imagen de su cuerpo desnudo.

—¿No te parece que es un poco tarde para tanto recato? —se burló.

Recogió el tanga roto que estaba en el suelo y lo miró como si estuviera a punto de echarse a llorar.

—¡Tengo que irme! —dijo, frenética—. Sam se estará preguntando dónde me he metido. Se suponía que anoche iba a mantener una conversación importante contigo.

—¿Sobre qué?

—Es un asunto... delicado —respondió, mordiéndose el labio.

Giannis contó hasta diez mentalmente.

—Tengo prisa, así que sea lo que sea lo que tengas que decir... lánzate ya, por amor de Dios.

Aquello no podía estarle pasando de verdad, pensó Ava frenéticamente. Un minuto más, y se despertaría de aquella pesadilla. Pero a la fría luz de la mañana no podía engañarse diciendo que tener sexo con Giannis la noche anterior había sido un sueño. Sintió como si un puñado de cemento le estuviera fraguando en la boca del estómago al ser consciente de que, como resultado de un comportamiento tan irresponsable, había perdido la oportunidad de rogarle que retirase los cargos contra su hermano. Se sentía enferma de vergüenza y de culpa.

El sonido de un timbre conocido se abrió paso en la tensa atmósfera y revolvió dentro del bolso para sacar el móvil. El corazón se le encogió al ver que era su hermano quien llamaba.

—Sam, estoy... me voy a retrasar —no se atrevió a mirar a Giannis—. Tendrás que llamar a un taxi para que te lleve al tribunal y yo me reuniré contigo allí. ¡Date prisa! —sintió que su ansiedad crecía—. Tu caso se presenta en media hora, y no puedes llegar tarde.

—El juez está enfermo —dijo Sam cuando Ava hizo una pausa para respirar—. Acabo de saber que los casos que estaban previstos para hoy quedan aplazados.

Ava oyó alivio en la voz de su hermano. Sabía que la posibilidad de acabar en la cárcel le asustaba.

—¡Gracias a Dios! —suspiró—. No me alegro de que el pobre juez se haya puesto enfermo, por supuesto, pero eso nos da un poco más de tiempo.

—¿Tiempo para qué? —espetó su hermano—. Mi caso solo se va a retrasar unos días, y lo más probable sigue siendo que me envíen a un centro de internamiento.

Ava sabía que esas instituciones solían ser lugares deprimentes, y entendía que su hermano estuviera asustado. Sí, tenía dieciocho años, pero para ella sería siempre su hermano pequeño.

–No necesariamente –respondió, intentando parecer optimista–. Ahora no puedo hablar. Te veo luego.

Guardó el teléfono en el bolso y abrió mucho los ojos cuando vio que Giannis abría su maletín y metía unos documentos sobre un montón de billetes. Cerró enseguida, pero Ava se vio de pronto a sí misma de niña, viendo a su padre contar montones de billetes en la mesa de la cocina.

–Día de paga –le había dicho su padre cuando ella, inocentemente, le preguntó.

–Debes ser un buen empresario si ganas tanto dinero, papá –respondió ella. Siempre había idolatrado a su padre.

Terry le guiñó un ojo.

–Ah, sí; es que soy un experto, bomboncito. Voy a usar este dinero para comprar una casa en Chipre. ¿Qué te parece?

–¿Dónde está Chipre?

–Cerca de Grecia. La villa que voy a comprar está en la playa, y tiene una gran piscina para que puedas enseñar a tu hermano a nadar cuando sea mayor.

–¿Por qué no vamos a vivir más en Inglaterra?

–Esto está demasiado caliente para mí –respondió su padre con una enigmática sonrisa.

Estaban en pleno invierno, así que Ava no entendió la respuesta. Años después supo que Terry McKay había trasladado al extranjero a su familia después de recibir un soplo en el que le advirtieron de que iba a ser detenido como sospechoso de perpetrar varios robos a mano armada en algunas joyerías de Londres.

Arrancó sus pensamientos del pasado y se vio a sí misma reflejada en un espejo de cuerpo entero. Parecía una golfa, con el pelo de recién levantada de la cama y los labios más llenos y rojos de lo normal, y recordar cómo Giannis había cubierto su boca para besarla hasta dejarla sin sentido hizo que sintiera un repentino calor por todo el cuerpo. No podía tener una conversación seria con él sobre su hermano estando desnuda y cubierta solo por una sábana de seda.

Como si le hubiera leído el pensamiento, Giannis fue al armario y sacó su vestido de noche.

–Te lo han limpiado, pero como me he imaginado que no querrías que te vieran salir del hotel ahora llevando un vestido de noche he pedido algo más apropiado para que puedas ponerte –le ofreció una bolsa con el nombre de un conocido diseñador impreso por fuera–. Te dejo para que te vistas. Por favor, date prisa –concluyó, y salió del dormitorio.

Ava entró en el baño y miró con deseo la bañera que tenía el tamaño de una piscina pequeña. Había descubierto en su cuerpo músculos que no sabía que tenía y le dolía todo, pero Giannis no era ya el amante atento de la noche anterior y no había ocultado su impaciencia, reconoció mientras guardaba el pelo en un gorro para darse una ducha rápida.

La bolsa que le había entregado contenía unos preciosos pantalones sastre color negro y un jersey de cachemir beis. También había un exquisito conjunto de ropa interior en seda y encaje, y recordar cómo le había roto el tanga volvió a hacerla enrojecer. No reconocía a la desvergonzada seductora en que se había convertido la noche anterior. Giannis había revelado un lado suyo que desconocía que existiera.

Se cepilló el pelo y se lo recogió en un moño en lo alto de la cabeza. Al menos así parecía respetable, se dijo, aunque se estremeció al pensar el dineral que debía haber costado aquella ropa de diseño. Todo le quedaba a la perfección y cuando se calzó los tacones de aguja negros que había lucido la noche anterior, se llevó una agradable sorpresa. Se la veía delgada y elegante. Recogió el vestido, lo metió en la bolsa y salió al salón.

Giannis estaba al teléfono, pero terminó la conversación al verla aparecer y acercarse.

—Veo que la ropa te queda bien —dijo, tras estudiarla detenidamente.

—¿Cómo has sabido mi talla? —le preguntó, consciente de que su corazón había dejado de latir un segundo cuando él la miraba de aquel modo.

—Tengo mucha experiencia en figura femenina —bromeó.

—Te pagaré la ropa, por supuesto —contestó—. ¿Me das tu número de cuenta para que pueda ingresártelo, o prefieres un cheque?

—Olvídalo. No quiero dinero.

—No pienso permitir que me compres ropa cara. Averiguaré cuánto te ha costado y enviaré un cheque a tu oficina de Londres.

—¿Cómo sabes que tengo oficina en Londres? —preguntó, mirándola con los ojos entornados.

—Me he enterado por Internet de que tienes una empresa de cruceros llamada *The Gekas Experience,* y que sus oficinas para el Reino Unido están en Bond Street —explicó. Dudó sobre si debía continuar—. Te escribí hace unas semanas sobre un asunto bastante serio, pero no me contestaste.

—Sheridan —pronunció despacio—. Ya decía yo al leer la tarjeta de anoche que me sonaba tu apellido —frunció el ceño—. Me temo que vas a tener que iluminarme.

Ava respiró hondo.

—Mi hermano, Sam McKay, trabajaba antes para una empresa de mantenimiento de barcos llamada *Spick and Span* —la expresión de Giannis se endureció, y si-

guió hablando rápidamente–. Sam empezó a salir con
una banda de chavales conflictivos que lo convencieron
de que eran sus amigos y que lo presionaron para que
los llevase a bordo de uno de los barcos que cuidaba en
St. Katharine Dock. No sé si pretendían destrozar el
barco, pero la cosa es que hubo un incendio. Mi hermano se quedó a bordo intentando apagarlo, mientras
que el resto del grupo se largaba. Él fue el único arrestado y acusado de delito contra la propiedad, pero él en
ningún momento pretendía causarle daño alguno a tu
barco –la voz de Ava flaqueó al ver que Giannis fruncía
el ceño aún más–. Fue solo una chiquillada que se les
fue de las manos.

–¿Una chiquillada? El barco quedó prácticamente
destruido. ¿Sabes cuántos miles de libras valen los daños que causaron tu hermano y sus amigos? Y no ha
sido solo el coste económico de la reparación, sino que
el valor sentimental de todo lo que se ha perdido es in-
calculable. Mi padre diseñó cada detalle del interior del
Nerissa y se sentía tremendamente orgulloso de ese
barco.

–Lo siento –Ava se sorprendió de la emoción que se
palpaba en la voz de Giannis. Ella solo había considerado las implicaciones del incendio, y no se le había
ocurrido pensar que ese barco pudiera ser especial para
él–. Sam lamenta de verdad haber dejado que el grupo
subiera al barco. Creía que solo querían echarle un vistazo, y se quedó destrozado con todo lo que ocurrió –se
mordió el labio–. Mi hermano tiene miedo a los chicos
de esa banda, que es por lo que no quiso darles sus
nombres a la policía. Es joven e impresionable, pero no
es mala persona, de verdad.

Giannis la miró enarcando las cejas.

–El director de la empresa de mantenimiento me
dijo que tu hermano ya tenía un historial delictivo con

dieciséis años. A Sam McKay la ley le importa un pito –recogió el maletín y se acercó al ascensor privado–. Recuerdo la carta que me enviaste pidiéndome que retirase los cargos contra tu hermano. No te respondí porque, sinceramente, estaba demasiado enfadado. Sam ha cometido un delito y debe enfrentarse a las consecuencias –sentenció con frialdad.

–¡Espera! –Ava corrió al ver que las puertas del ascensor se abrían y siguió a Giannis a su interior para pulsar el botón que mantenía las puertas abiertas–. Por favor, escúchame.

–Tengo prisa –masculló.

–Cuando leí en el periódico que ibas a asistir a la gala benéfica, decidí intentar conocerte. Una amiga mía trabaja para la empresa de organización de eventos que se ocupó de la velada, y consiguió que pudiera sentarme a la misma mesa que tú. Esperaba poder convencerte de que buscases en tu corazón y le ofrecieras a mi hermano otra oportunidad.

–Yo no tengo corazón –Giannis le apartó la mano y las puertas se cerraron de inmediato–. Tus métodos de persuasión son impresionantes, eso tengo que reconocerlo, pero ha sido una interpretación malgastada.

Ava lo miró sorprendida.

–¿Qué quieres decir?

–¡Vamos, mujer! Obviamente te has acostado conmigo porque pensaste que así soltaría a tu hermano.

–¡De eso nada! Yo no tenía pensado acostarme contigo. Simplemente... ocurrió –murmuró, y la vergüenza se cerró sobre ella como una serpiente venenosa. Decir que había manejado mal la situación ni se acercaría a describir lo ocurrido. Las puertas del ascensor se abrieron en la planta baja y salió detrás de Giannis hacia el vestíbulo–. La razón por la que me he acostado contigo no tiene nada que ver con mi hermano –le dijo, y sus tacones de aguja iban marcando un *staccato* en el suelo de mármol al intentar mantener el mismo ritmo que él llevaba con sus largas zancadas. Su voz pareció reverberar en aquel vasto espacio y se enrojeció al ver que varios huéspedes los miraban con curiosidad. Una recepcionista tremendamente sofisticada enarcó las cejas.

–¿Por qué no lo anuncias en la televisión nacional? –espetó Giannis, fulminándola con la mirada de unos ojos que brillaban como la obsidiana.

–Lo siento –dijo en voz más baja–. No quiero que te lleves una impresión equivocada. No suelo acostarme con hombres a los que acabo de conocer, y no entiendo por qué me comporté así anoche. Supongo que fue cosa de la química. Hubo una atracción instantánea que ninguno de los dos pudo resistir.

–Igual hasta vas a decirme que los dos recibimos una flecha de Cupido en el corazón –dijo, y se detuvo junto a una columna–. Lo de anoche fue divertido, carita de ángel, pero no pienso retirar los cargos contra el salvaje de tu hermano. Además, aunque quisiera, no sé si sería posible. Según tengo entendido, según la ley inglesa, es el Procurador de la Corona quien decide si el caso va o no a los tribunales.

–Puedes pedirle a tu abogado que retire la acusación de delito contra la propiedad, y si no presentaras pruebas ante el tribunal, el caso contra Sam quedaría desestimado.

Giannis se dio la vuelta para seguir andando, y ella lo sujetó por el brazo. Dios, tenía unos bíceps duros como piedra.

–Es cierto que Sam tiene un historial delictivo. Como te he dicho, entró en el mundo de las bandas por miedo. No es fácil ser adolescente en el East End. Lo más probable es que lo envíen a un Centro de Internamiento de Menores, y tengo mucho miedo de lo que le pueda ocurrir allí. Mi hermano no es un delincuente endurecido, sino solo un muchacho atolondrado que ha cometido un error.

–Varios errores –corrigió con sarcasmo–. Puede que pasar unos cuantos meses recluido le enseñe a respetar la ley en el futuro.

No mentía al decir que no tenía corazón. El teléfono de Giannis sonó y ella se apartó unos pasos, aunque podía oír su conversación. Unos minutos más tarde dio por terminada la llamada y su expresión era de furia cuando echó a caminar hacia la puerta sin tan siquiera mirarla.

Pero Ava salió tras él y se colocó delante, entre la puerta y Giannis.

–Entiendo que estés enfadado porque según te he oído, es posible que hayas perdido el acuerdo para comprar una flota de barcos, pero no puedo... no voy a quedarme mirando cómo meten en la cárcel a mi hermano.

–¿Cómo demonios sabes lo de mi acuerdo? –preguntó, frunció el ceño hasta un límite imposible.

–Hablo griego, y no he podido evitar oír parte de tu conversación sobre alguien que ha rechazado tu oferta para comprarle su naviera. Estoy segura de que ese acuerdo es importante para ti, pero para mí lo importante es mi hermano –insistió con delicadeza–. ¿Hay algún modo para persuadirte de que le des a Sam otra oportunidad?

Giannis no contestó. Un gesto de su cabeza y el portero abrió la puerta.

Ava lo siguió fuera cuando un golpe de viento tiró de su pelo recogido en el moño. Aunque estaban a principios de septiembre, caía una ligera llovizna que enseguida empezó a empapar su jersey de cachemir. Un tiempo tan malo encajaba a la perfección con su desesperanza y, a través de un velo de lágrimas, vio un coche negro y estilizado aparcado ante la puerta. Giannis lo abría y lanzaba el maletín al asiento de atrás. Saber que había sido incapaz de salvar a su hermano de una sentencia de cárcel era como tener un puñal clavado en el corazón.

—¿Es que no has hecho nada en el pasado que ahora lamentes? —le lanzó, y él se volvió a mirarla con el ceño fruncido.

Desesperada por impedir que se subiera al coche y se fuera de allí, Ava bajó a todo correr las escaleras del hotel, pero sus zapatos de tacón la hicieron tropezar y gritó al sentir que caía. Nada podía hacer por salvarse pero, de pronto, milagrosamente, sintió que dos brazos fuertes la rodeaban. Giannis la había sujetado y la retenía contra su pecho. En aquel mismo instante, por el rabillo del ojo vio brillar un flash, y se preguntó si no habría sido un relámpago de la tormenta que se acercaba.

Pero la idea se le esfumó envuelta en el perfume evocador de la colonia de Giannis. Aún aturdida por haber estado a punto de caerse, apoyó la mejilla sobre su camisa y oyó el errático latido de su corazón. Ojalá pudiera quedarse en sus brazos para siempre. Aquella idea tan peregrina se le metió en la cabeza y se negó a marcharse.

Hubo otro destello brillante.

—¿Quién es su rubia misteriosa, señor Gekas? —gritó alguien.

Ava oyó a Giannis maldecir entre dientes.

—¿Qué pasa? —le preguntó ella aturdida, levantando la cabeza de su pecho y parpadeando para evitar que los flashes de una cámara la deslumbrasen del todo.

Cuando un taxi la dejó en la entrada del hotel la noche anterior, había reparado en un montón de periodistas que se habían arremolinado allí para sacar fotos de los invitados famosos que llegaban a la fiesta. Al parecer algunos de ellos se habían quedado allí toda la noche para fotografiar a los invitados cuando salían del hotel a la mañana siguiente, y habían dado con un filón al localizar al playboy más conocido de Europa con compañía femenina.

–¡Aquí, señor Gekas! –gritó un fotógrafo que enfocaba el zoom de su cámara de largo alcance–. ¿Puede decirnos cómo se llama su novia?

–Desde luego –respondió Giannis y, dejando a Ava perpleja, no se separó de ella como esperaba, sino que apretó el brazo con el que la rodeaba por la cintura y se volvió hacia los periodistas–. Caballeros –anunció–, me gustaría presentarles a la señorita Ava Sheridan, mi prometida.

–¿Qué... –comenzó a decir, mirándolo a la cara, pero el resto de sus palabras quedaron ahogadas porque sin más ni más, le plantó un beso en la boca.

–¿Qué narices estás haciendo? –le preguntó, boqueando para llenar de aire los pulmones, cuando él la hizo apretar la cabeza contra tu hombro.

–Necesito que finjas ser mi prometida –murmuró con la boca pegada a la de ella–. Sígueme el juego y retiraré los cargos contra tu hermano.

Ella abrió los ojos de par en par.

–¡Eso es chantaje!

–Se llama negocios, preciosa. Y tú y yo acabamos de formalizar una sociedad.

Capítulo 3

QUÉ CARA tienes.

Giannis la miró brevemente. Ava iba sentada a su lado, tiesa como un palo. Era la primera vez que decía una sola palabra desde que la había metido en el coche para alejarse del hotel, pero su tenso silencio lo había dicho todo por ella.

Mechones de su cabello color miel se habían soltado del moño y le rozaban las mejillas. Olía a jabón y a champú de limón, y no tenía ni idea de por qué encontraba su belleza natural y sin artificios tan increíblemente sexy. Maldijo entre dientes. Era una distracción que no resultaba bienvenida, pero también podía ser la solución a su problema con Stefanos Markou.

—Ha sido un control de daños. Gracias a las redes sociales, las fotos que nos han tomado saliendo del hotel se harán virales en minutos. No podía arriesgar mi reputación, porque cualquiera que viese las fotografías, daría por sentado que eras mi última amante.

—¿No podías arriesgar *tu* reputación? —aulló—. ¿Y qué pasa con la mía? Todo el mundo va a pensar que estoy comprometida con el mayor mujeriego del mundo. ¡No me puedo creer que les hayas dicho que soy tu prometida! —exclamó, pasándose una mano por el pelo. Obviamente se había olvidado de que lo llevaba recogido. El moño comenzó a deshacerse y ella, maldiciendo, se quitó las horquillas que quedaban y se peinó con las manos—. Tienes razón —murmuró, mirando su teléfono–. La noticia de nuestro supuesto compromiso está en las redes sociales. Menos mal que mi madre está en un retiro de yoga en India, y no hay conexión a Internet. Estaba muy estresada por lo de mi hermano y la convencí de que se fuera al extranjero y dejara que me enfrentase yo a lo de los tribunales. Pero Sam va a acabar viéndolo, y no sé qué va a decir.

–Seguramente te estará muy agradecido por que lo hayas ayudado a evitar la cárcel –respondió secamente. Notó que Ava se volvía a mirarlo. Sus ojos estaban del gris del cielo ártico.

–No esperarás de verdad que te siga en una farsa como la de pretender ser tu prometida –espetó.

–Sí que lo espero, *glykiá mou*.

Por alguna razón, su airado bufido le hizo sonreír. Tenía por costumbre evitar a las mujeres demasiado emocionales, pero la naturaleza salvaje y apasionada de Ava lo fascinaba. Estaba preciosa cuando se enfadaba, y aún más estando excitada. Recuerdos de tenerla sentada a horcajadas sobre él, el cabello dorado cayéndole por los hombros y sobre los senos desnudos, rotundos y firmes como melocotones maduros, le hicieron moverse incómodo en su asiento.

–Creía que querías evitar que tu hermano fuera a la cárcel –dijo tras aclararse la voz.

–Y es lo que quiero, pero dos minutos antes de que saliéramos del hotel te habías negado a ayudarlo, así que no entiendo por qué has cambiado de opinión, o por qué necesitas que finja ser tu prometida.

–Como ya te he dicho, la razón son los negocios y, más en concreto, la única oportunidad que tengo de sellar un trato con Stefanos Markou es si le demuestro que me he reformado. Se ha negado a venderme Markou Shipping porque no le gusta mi estilo de vida y piensa que soy un playboy.

–Es que lo eres.

–Ya no –sonrió–. No desde que me enamoré de ti a primera vista y decidí casarme contigo y tener una tribu de hijos. Markou es un viejo anticuado y romántico y tú, cara de ángel, vas a convencerlo de que me venda sus barcos.

La expresión de Ava se volvió aún más furibunda.

–Cuando las ranas críen pelo me casaré contigo, y ni siquiera entonces accederé a tener hijos tuyos.

Sin quererlo, Giannis apretó las manos sobre el volante. Aquel latigazo de dolor lo había pillado desprevenido. Creía que ya había superado lo que ocurrió cinco años atrás, pero a veces sentía un dolor penetrante en el corazón por el hijo que podría haber tenido. Caroline le había dicho que había sido un aborto involuntario, pero en sus horas oscuras se preguntaba si no habría sido decisión suya la de no seguir adelante con el embarazo, dado que no quería que la asociaran con él cuando se enteró de que había pasado un año en la cárcel.

–Perdona si te parezco cínico, pero soy un hombre muy rico y la mayor parte de las mujeres que he conocido a lo largo de mi vida estarían encantadas de casarse solo por la pasta. Sin embargo, no tengo intención de casarme contigo. Solo quiero que finjas que estamos comprometidos y planeando la boda. Apuesto a que Stefanos me venderá a mí su empresa en lugar de a cualquier otro de mis rivales si sabe que voy a restaurar los barcos en Grecia y a dar trabajo a la gente local. Lo único que tenemos que hacer es convencerlo de que me he convertido en un parangón de virtudes gracias al amor de una buena mujer.

–¿Y cómo se supone que *vamos* a hacer eso?

Su voz desprendía hielo.

–Haré un anuncio formal de nuestro compromiso y

me aseguraré de que nuestra relación reciba toda la cobertura posible de los medios. Stefanos ha invitado a todos los posibles compradores a reunirse con él en su isla privada en Grecia dentro de un mes. Contigo a mi lado, y con un anillo de compromiso en el dedo, estoy seguro de que me venderá a mí. Pan comido.

Ella frunció el ceño.

—¿Estás diciendo que, suponiendo que esté tan loca como para aceptar participar en el engaño, tendría que ser tu prometida durante un mes e ir a Grecia contigo?

—Un mes es menos que la sentencia de cárcel que seguramente le espera a tu hermano —le recordó—. Será necesario que vivas en mi casa en Grecia porque Stefanos no es tonto y solo se creerá que nuestra relación es auténtica si nos ven juntos con regularidad. A partir de ahora, cada vez que salgamos en público, debemos actuar como si estuviéramos locamente enamorados.

—Para eso haría falta tener mejores dotes interpretativas de las que yo tengo —murmuró.

—Pues yo diría más bien lo contrario. Has resultado muy convincente besándome delante del hotel.

Ava emitió el sonido que habría hecho si se hubiera tragado una avispa.

—¡Me había quedado de una pieza al oírte decir a los fotógrafos que era tu prometida! —hizo una pausa cargada de tensión—. ¿Qué pasará si Stefanos te vende su empresa, nosotros ponemos fin al compromiso y tú vuelves a tu estilo de vida de hombre soltero que él tanto desaprueba? ¿No se enfadará cuando se dé cuenta de que lo has engañado?

Giannis se encogió de hombros.

—No habrá nada que pueda hacer una vez haya finalizado la venta.

—¿No te parece injusto?

—La vida no siempre es justa —replicó, irritado. No le

apetecía escuchar un discurso sobre moralidad de sus labios–. No fue justo que tu hermano destrozara mi barco, pero te estoy ofreciendo el modo de salvar a Sam de la cárcel. Acéptalo, cara de ángel: nos necesitamos el uno al otro.

–Supongo –murmuró–. Pero no puedo poner en pausa mi vida durante un mes. ¿Qué voy a hacer con mi trabajo, por ejemplo?

–Me dijiste que estabas entre dos empleos por el traslado de Escocia a Londres. ¿Y a qué te dedicas, por cierto? Me he dado cuenta de que evitas hablar de tu carrera.

Ava hizo una mueca.

–Soy oficial de atención a las víctimas. Intento ayudar a las personas que han sido víctimas de un delito. Trabajaba para una organización benéfica de Glasgow que se dedica a eso, y me han ofrecido un puesto similar en una organización de Londres.

–¿Cuándo empiezas en el sitio nuevo?

No parecía querer responder a eso.

–En noviembre.

–Entonces no hay nada que te impida hacerte pasar por mi prometida ahora.

–¡Qué arrogante eres! ¿Siempre esperas que la gente salte cuando tú dictas una orden? ¿Cómo sabes que no tengo novio?

–Si lo tienes, te sugiero que lo dejes porque es evidente que no te satisface en la cama.

Giannis sonrió ante el comentario poco halagador que murmuró Ava. Se mostraba quisquillosa y a la defensiva, y no tenía ni idea de por qué lo fascinaba. Bueno, una idea sí tenía, reconoció al imaginarla tumbada en unas sábanas de seda negra llevando solo unas medias hasta los muslos. La miró y ella apartó la cara, pero no antes de que hubiera visto un destello de comprensión.

La noche anterior habían sido dinamita en la cama, y el sexo con ella había sido el mejor del que había disfrutado desde hacía mucho, mucho tiempo. ¿Sería esa la razón de que se le hubiera ocurrido el plan de fingir una relación? Bah... se había visto obligado a tomar una acción drástica cuando los paparazzi los habían fotografiado saliendo del hotel, claramente después de haber pasado la noche juntos. No podía arriesgarse a que su reputación de playboy le hiciera perder el negocio con Stefanos Markou.

El deseo tan inconveniente que Ava le inspiraba se desvanecería sin duda una vez se hubiera asegurado la compra de la flota de Markou. Lo único que le importaba era cumplir la promesa que había hecho sobre la tumba de su padre: que nada les faltaría ni a su madre ni a su hermana. El dinero y los símbolos de la riqueza era cuanto podía darles para intentar compensarlas de lo que les había robado. Pero en ocasiones, su decidida búsqueda del éxito le parecía desalmada, y a veces se preguntaba qué pasaría si abriera la caja de Pandora de sus emociones. Era más seguro mantener la tapa cerrada.

—¿Decidiste trabajar con víctimas de la delincuencia porque tu hermano había tenido problemas con la policía?

Había sucumbido a la curiosidad sobre Ava. Su elección de carrera era poco habitual para alguien que había aprendido etiqueta y habilidades sociales en una escuela para señoritas en Suiza. En la cena de la noche anterior se había dado cuenta de lo cómoda que se sentía entre los demás invitados adinerados, y por ello estaba convencido de que interpretaría el papel de su prometida con una gracia y un encanto que deleitaría a Stefanos Markou.

—Sam estaba aún en primaria cuando yo empecé a estudiar criminología en la universidad.

–¿Por qué criminología?

Por alguna razón la vio cambiar de postura, pero su voz no dejaba entrever nada.

–Me parecía un tema interesante. Pero trasladarme a vivir y estudiar en Escocia supuso que no pude darme cuenta de que Sam estaba teniendo problemas, o de que mi madre no sabía cómo arreglárselas con él cuando empezó a ir con la gente equivocada –suspiró–. Fue culpa mía.

–¿Por qué te culpas del comportamiento de tu hermano? Cada uno tiene que asumir la responsabilidad de sus propios actos.

No había pasado un solo día en los últimos quince años en que él no lamentara haberse tomado una copa de vino cenando con su padre en una *taverna*. Más tarde, cuando volvían a casa, conducía demasiado rápido por la carretera costera que partía de Atenas y no tomó bien una curva pronunciada. Nada podría excusar su error fatal. Si había justicia en el mundo, él tendría que haber muerto aquella noche en lugar de su padre.

Ava insistía en que su hermano lamentaba haber llevado a aquellos pandilleros a bordo del *Nerissa* y haber destrozado el barco. Estaba claro que quería a su hermano, y Giannis sintió admiración por la determinación con que intentaba ayudarlo. Recordaba perfectamente el miedo que sintió cuando, con diecinueve años, hubo de escuchar en la sala del tribunal cómo el magistrado lo condenaba a un año de cárcel.

Se merecía un castigo, y la cárcel no había sido nada comparada con toda una vida que llevaba recriminándose y despreciándose por lo ocurrido. El accidente había sido un terrible error, y nadie en su familia lo había apoyado. Su hermana era entonces demasiado joven para comprender, pero su madre nunca había dejado de culparlo.

Miró a Ava y ella rápidamente miró al frente, pero

las mejillas se le sonrojaron como si le diera vergüenza que la hubiera pillado mirándolo.

—¿Y tu padre? —le preguntó él, dejando atrás el semáforo que se había puesto en verde. Al menos el tráfico había mejorado a medida que se iban acercando a Candem—. ¿Intentó guiar a tu hermano?

—Mi padre... se marchó cuando Sam tenía ocho años.

—¿Y no habéis vuelto a estar en contacto con él desde entonces?

—No.

—Yo siempre he pensado que para los niños, y en particular para los chicos, es beneficioso tener una buena relación con su padre, aunque soy consciente de que es un punto de vista que puede parecer anticuado para las feministas.

—Supongo que dependerá de lo bueno que sea el padre —contestó Ava en voz baja—. ¿Tú tienes una buena relación con tu padre?

Si pudiera hacerse una imagen de él, de su familia y amigos, de sus valores, podría entenderlo mejor, pero se quedó callado tanto tiempo que pensó que ya no iba a contestarle cuando le oyó decir:

—Tenía —dijo en tono seco—. Mi padre está muerto.

—Lo siento.

Estaba claro que había tocado un tema sensible, y su expresión le aconsejó que diera marcha atrás.

—Esto no va a funcionar —suspiró—. Somos dos desconocidos que no saben nada el uno del otro. No podremos convencer a nadie de que estamos locamente enamorados y que estamos pensando casarnos.

—Tendremos que invertir un tiempo en conocernos. No puedo permitir que tengamos ninguna metedura de pata cuando conozcamos a Stefanos. Empecemos por lo más básico. ¿Por qué tenéis tu hermano y tú apellidos distintos? ¿Has estado casada?

–No –su voz sonó más cortante de lo que pretendía, y se sonrojó al ver que él la miraba dubitativo–. Hubo una persona con la que yo estaba convencida de que... –se encontró explicando, y se mordió el labio–. Pero me equivocaba. No me quería como yo esperaba.

–¿Y tú lo querías a él?

–Eso creía –contestó, pero no quería seguir hablando de Craig–. Cuando mis padres se divorciaron, adopté el apellido de soltera de mi madre.

Giannis redujo la marcha para dejar que saliera un autobús.

–¿Dónde aprendiste griego? No es una lengua que suela aprenderse en los colegios ingleses.

–Mi familia vivió en Chipre cuando yo era niña, aunque fui a un internado en Francia y luego pasé diez meses en una escuela para señoritas en Suiza.

–¿Por qué decidieron tus padres vivir fuera de Inglaterra?

–Mm... mi madre odiaba el clima de Inglaterra.

En parte era cierto, pero años más tarde supo que la verdadera razón por la que su padre se había llevado a la familia a vivir en el extranjero era la falta de tratado de extradición entre el Reino Unido y Chipre, lo que significaba que Terry no podía ser detenido y enviado de vuelta a Inglaterra.

Sus pensamientos se detuvieron cuando un ciclista giró de pronto delante del coche. Solo la rapidísima reacción de Giannis dando un pisotón en el freno evitó que fuera derribado.

–¡Por los pelos!

Miró a Giannis y se sorprendió de ver que se había puesto pálido, y su piel estaba tan tensa que sus pómulos sobresalían. Pequeñas gotas de sudor perlaban su frente y vio que la mano le temblaba cuando se la pasó por el pelo.

Un poco más adelante había un espacio vacío al lado de la carretera y esperó a que hubiese parado el coche y detenido el motor antes de decirle en voz baja:

—No le has atropellado. Iba haciendo el idiota y ha tenido suerte de que seas buen conductor.

Giannis se rio de un modo extraño, casi como si tuviera algún dolor.

—Nos sabes nada de mí, carita de ángel.

—Eso es lo que intentaba explicarte —corroboró ella—. Que no vamos a poder salir airosos de lo de fingir que estamos comprometidos.

—Pues por el bien de tu hermano, mejor que salga bien.

La amenaza velada hizo crecer el desasosiego de Ava, y solo cuando él se bajó del coche y fue a abrirle la puerta a ella, se dio cuenta de que estaban en una zona de Londres dolorosamente familiar para ella.

—¿Por qué hemos venido aquí? Creía que me llevabas a casa.

—Hatton Garder es el mejor lugar para comprar joyas.

—Eso no explica por qué me has traído aquí.

Sabía perfectamente que Hatton Garden era un lugar de fama mundial como el barrio de los joyeros de Londres y el centro del negocio de los diamantes en el Reino Unido. También era el lugar en el que su padre había organizado y ejecutado su robo más audaz.

Cuando era niña, antes de que la familia se trasladara a Chipre, su padre solía llevarla a pasear a Covent Garden y la catedral de St. Paul. Siempre acababan en Hatton Garden, y se paseaban entre las joyerías contemplando los escaparates llenos de centelleantes gemas. A ella le encantaban aquellos paseos con su padre, pero lo que no sabía era que Terry McKay estaba valorando qué joyerías serían más fáciles de asaltar.

–Para que nuestro compromiso sea creíble, tienes que llevar un anillo. Preferiblemente un diamante del tamaño de un pedrusco que puedas hacer brillar delante de los fotógrafos –bromeó, antes de mirar el reloj–. Procura no tardar demasiado eligiéndolo –dijo, y sacó el móvil–. Tengo que decirle a mi piloto que tenga el avión preparado para salir antes de lo que tenía pensado.

–¿Tienes un avión?

–Es el modo más rápido de desplazarse. Deberíamos estar en París a la hora de comer. Esta tarde voy a estar ocupado, pero le pediré a una *personal shopper* que te ayude a elegir ropa adecuada. Esta noche asistiremos a una función en el Louvre que va a atraer la atención de los medios. Mañana por la mañana, medio mundo sabrá que estamos enamorados.

–Espera... –le ordenó cuando sintió que la tomaba por el brazo para conducirla a una de las joyerías. El corazón se le desbocó cuando vio el nombre en el dintel de la puerta.

Diez años antes, su padre había perpetrado un robo a mano armada en la prestigiosa joyería Engerfield's y había robado piezas por un valor de varios millones de libras, pero su suerte se había agotado ya y lo habían detenido en su barco intentando volver a Chipre. En el juicio se habían mostrado las imágenes de las cámaras de seguridad en las que se le veía amenazando a una joven dependienta con un arma. Varios periódicos de tirada nacional habían publicado una foto de su madre y ella dando a entender que tenían que conocer la actividad delictiva de Terry. ¿La recordarían a ella por las fotos que se habían publicado y en las que aparecían su madre y ella diez años atrás?

–No puedo entrar ahí –dijo, mirando el escaparate.

–¿Por qué no? –preguntó, ceñudo–. Indiscutiblemente Engerfield's es la mejor joyería de Londres.

–Lo que quiero decir es que no puedo ponerme un anillo de compromiso ni ir a París contigo hasta que haya visto a mi hermano y le explique que nuestra relación es ficticia.

–No puedes decirle a nadie la verdad, por si se filtra algo a la prensa. Y lo digo muy en serio –enfatizó al ver que ella iba a rebatirle lo que había dicho–. Nadie debe saber que nuestro compromiso no es real.

–¿Y qué le voy a decir a Sam?

–Tendrás que inventarte una historia. Que nos conocimos hace semanas y después de un tórrido romance te he pedido que te cases conmigo. Eso explicaría por qué iba a retirar los cargos contra Sam: que no quiero denunciar a mi futuro cuñado.

–¡No quiero mentirle a mi hermano! Odio el engaño.

–¿De verdad quieres admitir delante de él que nos acostamos la noche misma que nos conocimos? Porque esa es la verdad, Ava, y yo no tengo ningún reparo en decirle a Sam cómo llegamos a esta situación.

–Has sido tú quien le ha dicho a los paparazzi que estamos comprometidos, así que la situación es solo culpa tuya.

Giannis apretó la mano con la que sostenía su brazo para acompañarla dentro de la joyería.

–Sonríe –le dijo en voz baja cuando un hombre de cabello plateado se acercó a recibirlos.

Sintió alivio cuando apenas la miró a ella y sonrió a Giannis.

–Señor Gekas, es un placer volver a verlo. ¿En qué puedo ayudarlo?

–Nos gustaría elegir un anillo de compromiso. ¿Verdad, cariño? –Giannis le deslizó el brazo por la cintura y sus ojos negros brillaron al volverse a los suyos, llenos de sorpresa–. Le presento a mi prometida...

–Sheridan –dijo rápidamente, ofreciéndole una mano al señor Engerfield.

–Les doy mi más sincera enhorabuena, señor Gekas y... señorita Sheridan –la mirada del director se detuvo en ella–. Si me hacen el favor de seguirme, los llevaré a uno de nuestros salones privados para que puedan sentirse cómodos y tomarse el tiempo que deseen para ver nuestra colección de anillos de compromiso. ¿Hay algún estilo en particular, o alguna piedra en la que esté interesada?

–¿A qué mujer no le chiflan los diamantes? –bromeó Giannis.

El señor Engerfield asintió y salió de la sala, a la que volvió unos minutos después con varias bandejas de anillos y acompañado por un asistente que llevaba una botella de champán y dos copas. El corcho salió sin dificultad y el asistente ofreció a Ava una flauta de la burbujeante bebida. Tomó un sorbo delicado, consciente de que no había desayunado. Quizás Giannis tuvo el mismo pensamiento porque dejó la copa sobre la mesa sin haberlo probado.

–Por favor, siéntense y tómense el tiempo que deseen mientras eligen el anillo perfecto –dijo el hombre, invitando a Ava y colocando las bandejas delante de ella.

Contempló aquellos anillos desbordantes de brillos y destellos y se sintió mareada al recordar cómo, cuando era una niña, le encantaba probarse las joyas de su madre. Cuando su padre fue detenido, la policía confiscó todas las joyas que Terry había robado, incluido el anillo de boda de su madre. Todo lo que había compuesto la niñez privilegiada de Ava –la villa de lujo en Chipre, las vacaciones exóticas y la educación en un carísimo colegio privado– había sido pagado con el dinero que provenía de las actividades ilegales de su padre.

—¿Ves algo que te guste, cariño?

La voz de Giannis la arrancó del pasado y se volvió a mirarlo. Él se había acercado a la ventana y hablaba desde allí. Recordaba con claridad cada detalle de su musculatura, oculta en aquel momento bajo un traje de corte impecable. Sí, desde luego veía algo que le gustaba, se dijo en silencio. Sus miradas se cruzaron y el corazón se le quedó parado cuando vio brillar en sus ojos un reflejo depredador.

Rápidamente volvió la mirada a los anillos que se mostraban sobre cojines de terciopelo negro. Aunque el director de la tienda había sugerido que se tomase su tiempo para elegir, sabía que Giannis tenía prisa.

Inexplicablemente una ola de tristeza la sepultó. Elegir un anillo de compromiso supuestamente era una ocasión especial para una pareja enamorada. El joven asistente que había servido el champán había mirado con envidia a Giannis, creyendo que la situación era auténtica, pero Ava sabía que era una impostora. La tela de araña de aquel engaño iba tejiéndose y crecería hasta convencer a Stefanos Markou de que Giannis había renunciado a saltar de mujer en mujer porque se había enamorado de ella. Pero el amor no iba a existir jamás entre ellos. Él la necesitaba para poder firmar un acuerdo y ella lo necesitaba a él para salvar a su hermano de la cárcel.

—Cariño... —Giannis se acercó y se sentó a su lado en el sofá—. Si no te gusta ninguno, seguro que el señor Engerfield podrá mostrarte otros.

—No puedo hacerlo...

El resto de sus palabras quedaron ahogadas porque Giannis se apresuró a besarla en la boca.

—Creo que estás un poco desbordada por la ocasión —murmuró, sonriendo al ver su cara de sorpresa—. ¿Le importaría dejarnos solos? —pidió al director de la joyería.

En cuanto Nigel Engerfield y su asistente salieron, Giannis no intentó ocultar su impaciencia.

–¿Qué pasa? –gruñó–. Lo único que tienes que hacer es escoger un diamante. Cualquiera diría que van a hacerte una endodoncia.

–Nunca llevo joyas y odio los diamantes –musitó.

Él murmuró un juramento.

–Creía que teníamos un acuerdo, pero si has cambiado de opinión, encontraré otro modo de persuadir a Stefanos Markou de que me venda su flota, y tu hermano irá a la cárcel.

–¿Cómo sé que vas a retirar los cargos contra mi hermano? –preguntó, mordiéndose el labio.

–Tienes mi palabra.

–Tu palabra no significa nada –replicó, e hizo caso omiso de la ira que vio aparecer en su mirada–. Llama a tu abogado ahora mismo y dile que ya no quieres presentar cargos contra Sam.

Giannis la miró fijamente.

–¿Y yo cómo sé que no vas a salir corriendo para contarle a la prensa que no eres mi prometida?

–Tendrás que confiar en mí –replicó, sin dejarse acobardar por su mirada.

En el silencio tenso que se creó entre ellos Ava estaba oyendo el latido fuerte de su corazón. Giannis era un hombre acostumbrado a tener el control, pero si se había hecho la idea de que podía manejarla a su antojo, se iba a llevar una desagradable sorpresa.

Por fin sacó el móvil y marcó un número.

–Ya está –le dijo un momento después–. Me has oído informar a mi abogado de que he decidido no presentar cargos contra Sam McKay. Ahora te toca a ti hacer honor a tu parte del acuerdo.

Ava sintió que la cabeza le daba vueltas al saber a Sam libre de juicio y prisión.

–No te decepcionaré –le dijo en voz baja, y miró las bandejas. De una de ellas escogió el solitario de diamante más ostentoso que encontró–. ¿Crees que este bastará para impresionar a los paparazzi?

Su elección no debió gustarle porque frunció el ceño y estudió los demás anillos.

–Este mejor –dijo, colocándole otro anillo en el dedo.

–¿En serio? –inquirió, ignorando las emociones que se le arremolinaban por dentro, cerrándole la garganta–. ¿No te parece que un corazón rosa va a ser una sobrecarga de romanticismo?

–Es un zafiro rosa. Has dicho que no te gustan los brillantes, aunque lleva unos pequeñitos rodeando el corazón. Pero es un anillo bonito y elegante, y le sienta bien a unas manos pequeñas como las tuyas.

El anillo quedaba perfecto, cierto, y a pesar de que a Ava no le gustase la joyería, se enamoró de inmediato de la sencillez y la delicada belleza de aquel zafiro rosa, y volvió a sentir un estremecimiento en el corazón. ¿Acaso no era el sueño secreto de toda mujer conocer el amor y el matrimonio, y que el hombre de sus sueños le pusiera un hermoso anillo en el dedo diciéndole que la quería?

Giannis no era precisamente su príncipe azul, se recordó. De no haberlos visto los paparazzi saliendo juntos del hotel, habría sido simplemente otra de sus aventuras de una noche. Se levantó de golpe y se alejó de él.

–No me importa qué anillo sea. Únicamente va a servir para engañar a la gente y hacerles creer que estamos comprometidos. Además solo tendré que llevarlo un mes.

Antes de que Ava pudiera abrir la puerta, le hizo darse la vuelta sujetándola por los hombros.

–Durante un mes espero que te comportes como mi

adorada prometida, y no como una adolescente malhu-
morada, que es como te estás comportando ahora –espetó.

–Suéltame –sus ojos se oscurecieron de rabia
cuando la acorraló contra la puerta. Estaba demasiado
cerca, y sus sentidos dieron un brinco al llegarle su
perfume exótico–. ¿Qué haces?

–Darte unas lecciones de interpretación –replicó, y
antes de que pudiera reaccionar, la besó en la boca para
apagar sus ganas de confrontación.

La besó hasta dejarla sin aliento, hasta que se derritió contra él y deslizó las manos por la pechera de su
camisa. El roce de su barba la hizo estremecerse y,
aunque le avergonzaba reconocerlo, bastaba con que la
tocase para que su capacidad de pensar con lógica quedara diezmada. Y, de pronto, todo terminó: con una
humillante facilidad, le hizo bajar las manos que se
habían subido a su cuello. Solo su respiración parecía
algo afectada, lo que revelaba que el beso no lo había
dejado tan indiferente como quería mostrar.

–Eres una estudiante de diez, *glykiá mou* –bromeó–.
Casi me convences de que estás enamorada de mí.

–Antes criarán pelo las ranas –espetó.

Capítulo 4

PARÍS, a principios del otoño, estaba hecho para los amantes. Su cielo de septiembre se veía de un inmaculado y brillante azul, y las hojas de los árboles empezaban a cambiar de color y a flotar despacio para caer al suelo como confeti rojo y dorado.

Mirando por la ventana de la limusina con chófer que lo trasladaba de vuelta al hotel después de haber mantenido una reunión de trabajo, Giannis veía a las parejas yendo de la mano o del brazo, paseando junto al Sena. Lo que era estar enamorados, pensó con cinismo. Cinco años atrás, él se había enamorado perdidamente de Caroline. *Theos,* estaba convencido de amarla. Pero ella había amado solo su dinero y esperaba que corriera con los gastos de la campaña política de su padre para llegar a ser el siguiente Presidente de Estados Unidos.

El embarazo había sido un error pero, siempre y cuando estuvieran casados, un bebé y sobre todo si resultaba ser un varón, contribuiría a la campaña de su padre, le dijo. La imagen del viudo Brice Herbert con su nieto en los brazos gustaría al electorado.

Sin embargo, tener un yerno que había sido condenado a prisión habría sido un desastre para sus ambiciones políticas, y Caroline se había horrorizado al conocer aquel oscuro secreto de su pasado. De hecho, estaba convencido de que para ella había sido un alivio la pérdida del bebé. La maternidad no estaba en su agenda si existía la posibilidad de llegar a ser Primera

Dama de América, pero él jamás habría podido considerar la pérdida de un hijo como una bendición. Es más, él había sentido que le arrancaban el corazón, lo que había servido para confirmar su convicción de que no se merecía ser feliz.

La limusina dejó atrás el Arco del Triunfo al tiempo que él bloqueó hábilmente los pensamientos del pasado y se centró en el presente, en particular en la mujer que iba a ayudarlo a demostrar a Stefanos Markou que había renunciado a su vida de playboy. Debería haberse imaginado que Ava se resistiría a aceptar su tarjeta de crédito cuando la mandó de compras.

—Recogí algo de ropa cuando me llevaste a casa a por el pasaporte. Mi ropa no tiene nada de malo.

—Soy un hombre rico y, cuando salgamos juntos en público, la gente esperará que mi novia vaya vestida de alta costura —le había explicado pacientemente—. Fleur Laurent es una *personal shopper* y te llevará a las boutiques de diseño de los Campos Elíseos.

La mayoría de mujeres que conocía se habrían vuelto locas de contento con la oportunidad de gastarse su dinero, pero Ava no. Ava era irritante, incomprensible y... y desagradecida. No parecía apreciar el hecho de que estuviera haciéndole un gran favor retirando los cargos contra su hermano.

Frunció el ceño. Había visto a Sam McKay brevemente al llevar a Ava a su casa antes de salir para el aeropuerto con destino a París. Le había sorprendido que le diera la dirección de aquel destartalado adosado en una zona deprimida del este de Londres, donde él había insistido en acompañarla para mantener la farsa de su romance. No iba a arriesgarse a que su hermano vendiera la historia a la prensa diciendo que su compromiso era falso. Pero en lugar de un adolescente arrogante como esperaba, se había encontrado con un joven nervioso y larguirucho que balbuceando casi le había dado las gracias por haber renunciado a presentar cargos contra él.

Sabía bien lo que era lamentar acciones pasadas y, sorprendentemente, se había alegrado de poder ofrecerle la oportunidad de darle la vuelta a su vida. Mientras Ava subía a buscar el pasaporte, Sam le había felicitado tímidamente por el compromiso con su hermana, que se merecía ser feliz después de que su novio anterior le hubiese destrozado el corazón.

La limusina se detuvo ante el hotel y miró el reloj. Quedaba el tiempo justo para duchare y cambiarse. A ver si Ava estaba preparada a tiempo. *Dios,* ¿y si lo había dejado plantado? Una extraña sensación le creció en el estómago ante tal posibilidad. Tenía que reconocer que le había costado trabajo concentrarse en la reunión porque estaba anticipando la velada con Ava. Si no se conociera mejor, le preocuparía la fascinación que estaba experimentando, pero la experiencia le había enseñado que el deseo era una emoción transitoria.

—Nunca me habría imaginado que te iba a interesar un desfile de moda —había comentado ella cuando le hablaba de lo que iban a hacer aquella noche.

—El desfile pretende mostrar el talento de nuevos diseñadores, y yo patrocino a un joven diseñador griego llamado Kris Antoniadis. Puede que no hayas oído hablar de él, pero estoy convencido de que en unos años va a alcanzar un gran prestigio en el mundo de la moda. Al menos eso espero yo, porque soy su mentor y he invertido mucho dinero en él.

—¿Solo te interesa el dinero? —le había preguntado ella en un tono despectivo que daba la impresión de que, en su opinión, hacer dinero era inmoral.

—No es lo único que me interesa —respondió, posando la mirada en su jersey, y ella se había sonrojado.

No había ni rastro de ella en la suite del hotel, pero Giannis oyó el ruido del secador de pelo que venía del baño. Se quitó la americana y la corbata y sin detenerse entró en la ducha que ocupaba un espacio independiente; un instante después, entraba en el vestidor para ponerse el esmoquin.

Volvió al salón justo cuando Ava salía del dormitorio, y sintió que el pecho se le constreñía. La *personal shopper* había hecho bien su trabajo. Él le había dicho que quería un vestido de noche que fuera al mismo tiempo elegante y sexy, y al mirarla se dio cuenta de que una parte de su anatomía había reaccionado.

–Estás impresionante –le dijo, e incluso para él su propia voz le sonó demasiado honda.

–Gracias. Tú también.

Un suave tono rosado le tiñó las mejillas. Que se sonrojara con tanta facilidad le daba un aire vulnerable que decidió ignorar.

–La *personal shopper* dijo que esta noche iba a llevar un vestido declaración, sea lo que sea eso, pero no sé si va a merecer tu aprobación cuando veas la cantidad de ceros que hay en la etiqueta.

–Haya costado lo que haya costado, lo vale.

No podía apartar la mirada de ella. El vestido era de terciopelo negro como la noche, dejaba los hombros al aire y se ceñía a sus caderas para después continuar en estilo sirena hasta llegar al suelo. Llevaba una gargantilla muy ajustada decorada con brillantes y la melena caía suelta y ondulada a su espalda. Se la imaginó tumbada en la cama con la gargantilla como única prenda, su piel blanca y sus curvas de lujuria ofreciéndosele. El deseo le fluyó por las venas y se sintió tentado de hacer que esa imagen se volviera real.

Quizás Ava le leyó el pensamiento porque dijo:

–No sé por qué has reservado una suite con solo un

dormitorio. El trato era que yo *fingiera* ser tu prometida —se acercó al teléfono—. Voy a llamar a recepción para pedir una habitación individual para mí.

Giannis cruzó la estancia de dos zancadas y le quitó el auricular de la mano.

—Si haces eso, ¿cuánto tiempo crees que tardará cualquier empleado del hotel en revelar en las redes sociales que no compartimos cama? Se supone que estamos locamente enamorados —le recordó.

—¿Acaso has pensado que voy a ser tu amante durante todo el mes? ¡Desde luego, qué cara tienes!

Estuvo a punto de demostrarle que no era una idea tan descabellada. La química sexual entre ellos vibraba en el aire, y bastaría con un beso o una caricia para crear una explosión nuclear. No sabría decir cómo lo hizo, pero logró refrenar sus hormonas. Lo importante era que su «romance» quedase expuesto al público cuanto más, mejor, de modo que Stefanos Markou creyera que se había reformado y estaba dispuesto a consagrarse al matrimonio y la familia, los ideales en los que él creía.

—Podremos hablar de cómo vamos a dormir más tarde —concluyó—. El coche está esperando fuera para llevarnos al Louvre. ¿Estás preparada para nuestra primera interpretación, *agápi mou*?

—Yo no soy tu amor.

—Lo serás estando en público —respondió, y cuando fue a tomarla del brazo, ella dio un respingo—. Tendrás que hacerlo mejor si queremos convencer a alguien de que nuestra relación es verdadera —le advirtió, y su impaciencia creció ante su mutismo—. Hemos llegado a un acuerdo y yo he cumplido ya con mi parte. Me dijiste que confiara en ti, y lo he hecho, pero igual he sido un idiota por creer en tu palabra, ¿no?

—Soy una persona completamente digna de con-

fianza –le replicó con fiereza–. Fingiré ser tu prometida, pero ¿por qué alguien se iba a creer que tú, un
guapo multimillonario que ha salido con algunas de las
mujeres más bellas del mundo, se va a enamorar de una
mujer como yo, corriente y ordinaria? ¿Qué vamos a
decir si alguien nos pregunta cómo nos conocimos?

–Diremos la verdad. Que nos conocimos en una
cena y que la atracción fue inmediata. Y, por cierto, no
hay nada ordinario en ti con ese vestido –añadió con la
mirada puesta en su trasero, ya que ella se había dado
la vuelta para verse en el espejo.

–La atracción sexual no tiene nada que ver con enamorarse.

Estaba nerviosa. Eso era. Si alguien le hubiera pedido que describiera a Ava, la habría calificado de decidida y fuerte. Seguramente era necesario que fuera así
en su trabajo, pero el ligero temblor de sus labios había
revelado una inesperada vulnerabilidad que no podía
pasar por alto. Para que su falso compromiso pudiera
tener éxito, iba a tener que ganarse su confianza.

–Pero así es como empiezan todas las relaciones,
¿no? Con atracción sexual. Conoces a alguien y ¡zas!
En un primer momento hay una respuesta puramente
física, una química que desprende deseo, y a partir de
ahí, el amor puede crecer y a fructificar –pero pensó en
Caroline y apretó los dientes–. Aunque también puede
marchitarse y morir.

–¿Lo dices por experiencia?

El tono delicado de Ava lo arrancó del pasado, pero
ver en sus ojos algo peligrosamente parecido a la compasión le hizo ponerse en guardia. Durante una fracción
de segundo sintió el impulso demencial de admitir ante
ella que a veces, cuando veía algún niño de unos cuatro
años de edad, sentía un dolor en el pecho por el hijo
que habría podido tener, si Caroline no... no. No tenía

sentido torturarse con la idea de que Caroline había interrumpido su embarazo cuando él le reveló que había estado en la cárcel. Pensar que su irresponsabilidad podía haber terminado con la pérdida de dos vidas era insoportable.

Pasando por alto la pregunta de Ava, se acercó a la puerta de la habitación y la abrió.

–Tenemos que irnos –dijo, y fue un alivio ver que ella salía de la habitación sin decir una palabra más.

Ava aplaudió a las modelos mientras avanzaban contoneándose por la pasarela instalada en la magnífica Sala de Escultura del Louvre. El emplazamiento del desfile era espectacular, y las prendas que lucían aquellas modelos imposiblemente delgadas iban de exquisitas a francamente extraordinarias. La colección del griego Kris Antoniadis arrancó murmullos de apreciación a la audiencia, y la periodista especialista en moda que estaba sentada en primera fila junto a Ava respaldó la predicción de Giannis de que Kris, como se le conocía en el mundo de la moda, iba a llegar a ser uno de los grandes en ese mundo.

–Por supuesto que no habría llegado tan lejos en su carrera sin un mentor adinerado –le explicó Diane Duberry, editora de moda en una revista femenina–. Giannis Gekas está considerado un gran filántropo por su apoyo a Grecia durante los problemas más recientes del país. Creó una organización benéfica que ayudaba a los jóvenes emprendedores que intentaba establecer su empresa en Grecia, aunque no sé por qué te estoy contando esto, cuando tú debes saberlo todo de él.

Diane miró cómo Giannis tenía la mano puesta en la rodilla de Ava, y luego al zafiro rosa que Ava lucía en el dedo.

–Veo que has logrado el éxito donde legiones de mujeres han fracasado, y has acabado domesticando al tigre. ¿Dónde os conocisteis?

–Eh... estábamos sentados juntos en una cena.

–¡Qué suerte! –exclamó Diane, guiñándole un ojo–. ¿Quién necesita un postre del carrito de los dulces cuando un griego atractivo ya está en el menú?

Ava se libró de tener que pensar una respuesta porque el presentador del desfile anunció que el premio al mejor Diseñador Joven había ido a recaer sobre el joven diseñador griego Kris Antoniadis. Kris apareció entonces en la pasarela, acompañado por modelos que llevaban vestidos pertenecientes a su colección nupcial.

Giannis se levantó e hizo que Ava lo siguiera.

–*Showtime* –le dijo al oído–. Tú limítate a sonreír y sígueme el juego.

Sin darle oportunidad para protestar, rodeó su cintura y la animó a subir las escaleras que daban acceso a la pasarela, justo cuando Kris estaba explicando a la audiencia lo agradecido que le estaba a Giannis Gekas por haber apoyado su carrera. Hubo más aplausos y brillaron los flashes de las cámaras cuando Giannis apareció, tirando suavemente de Ava.

–No se me ocurre un lugar mejor para anunciar mi compromiso con mi hermosa prometida que en París, la ciudad más romántica –declaró, y con galantería se llevó la mano de Ava a los labios para depositar en ella un beso, justo sobre el zafiro rosa.

Desde luego era un actor brillante, se dijo con sarcasmo. La piel le ardía donde había sentido el roce de sus labios y deseó retirar la mano y denunciar su compromiso como la mentira que era. Pero se había comprometido y tenía que honrar la palabra dada, de modo que dócilmente mostró su anillo a los fotógrafos de prensa y sonrió mirando enamorada a los ojos de Giannis.

En la fiesta de después del desfile permaneció siempre a su lado, sonriéndole como si estuviera prendada de él. Giannis, por su parte, siguió rodeando su cintura mientras deambulaban por la estancia, deteniéndose con frecuencia para poder presentarle a personas que conocía.

Los camareros iban y venían entre los invitados con bandejas de canapés y bebidas. Ava eligió una copa de champán y sintió que las burbujas le explotaban en la lengua, al tiempo que sus sentidos parecían agudizarse: notaba con intensidad la mano de Giannis en su cintura y el roce de su muslo con su pierna. Él llevaba una flauta de champán, pero no bebía de ella.

–¿Nunca bebes alcohol? –le preguntó con curiosidad–. No tomaste vino en la gala benéfica, y me he dado cuenta de que hoy tampoco bebes.

–Qué detallista eres, *glykiá mou* –respondió como si no tuviera importancia, pero ella notó que se ponía tenso–. Evito tomar alcohol porque me gusta mantener la cabeza despejada.

Alguna otra razón debía haber para que fuera abstemio, pero antes de que pudiera insistir sobre ello, le quitó la copa de champán de las manos y la entregó junto con la suya a un camarero que pasaba. A continuación, la tomó de la mano para conducirla a la pista de baile.

La cabeza le dio algunas vueltas, y no por el efecto de los pocos sorbos de champán que había consumido, sino por el calor embriagador del cuerpo de Giannis junto al suyo y de la fragancia divina de su olor personal y masculino. Era un buen bailarín y se movía con naturalidad por la pista, abdomen contra abdomen, sus senos aplastados contra el muro firme de su pecho. Sintió que deslizaba una mano a la base de su espalda y extendía los dedos hacia sus nalgas, pero lo que la dejó sin aliento fue notar el abultamiento de su pene a través de la ropa. Cerró los ojos y se recordó que las atenciones de Giannis eran una interpretación para dar publicidad a su ficticio compromiso, aunque no había nada de ficticio en la química sexual que chisporroteaba entre ellos. Jamás en la vida había sido tan consciente de un hombre, o de su propia feminidad, y su imaginación traidora le hacía recordar la cama enorme que había en su habitación del hotel, aunque por supuesto no tenía intención de compartirla con él. Habían acordado seguir con la farsa solo en público. Y por ello, cuando la música disco dejó paso a una balada romántica y Giannis la acercó más, ella deslizó las manos hasta sus hombros. Y cuando él bajó la cabeza y le rozó los labios, ella los entreabrió y lo besó con un fervor que le arrancó un gemido.

–Tenemos que salir de aquí –dijo él con voz ahogada, y bajó los brazos–. Ven –ordenó, rodeándola de nuevo por la cintura para casi llevarla en volandas fuera del museo.

El coche los estaba esperando y, en cuanto hubo cerrado la pantalla que los separaba del conductor, la sentó sobre sus piernas, hundió la mano en su pelo y asaltó su boca con un beso caliente y urgente, un ataque a sus sentidos. La pasión explotó entre ellos y Ava sintió un empuje salvaje en Giannis que la hizo temblar de necesidad. Recordó entonces a Diane Duberry, la periodista de moda que había conocido en el desfile, y su comentario sobre cómo había conseguido domesticar al tigre, cuando la verdad era que Giannis jamás permitiría que una mujer lo controlara.

La cabeza le daba vueltas cuando por fin él se separó de su boca. Respiraba con dificultad, y cuando puso la mano en su pecho sintió errático el latido de su corazón. El coche fue cobrando velocidad por las calles oscuras de París y Ava sucumbió a la magia del hechicero. Giannis recorrió con sus labios el cuello y el hombro desnudo, y no se había dado cuenta de que le había bajado la cremallera hasta que sintió que le deslizaba la parte superior y que cubría sus senos con las dos manos.

Su parte razonable le recordó que era decadente estar medio desnuda en el asiento trasero de un coche y que su comportamiento desenfrenado no era lo que debía esperar de sí misma, pero todos los pensamientos echaron a rodar cuando Giannis se inclinó, cubrió con la boca un pezón sonrosado y succionó con fuerza. No pudo reprimir un gemido de placer. Y cuando transfirió su atención al otro pezón, ella hundió las manos en su cabello negro y suave, pidiendo que no cesara nunca de hacer lo que le estaba haciendo.

–No tengo intención de parar, *glykiá mou* –dijo, divertido, y entonces se dio cuenta de que había hablado en voz alta. El rubor tiñó sus mejillas, pero cuando volvió a atender sus pechos, echó la cabeza atrás y gimió por los latigazos que le llegaban al punto de placer entre sus piernas.

Giannis tiró de la falda del vestido hacia arriba, pero el diseño estaba pensado para ceñirse a las caderas y su mano no lograba ir más allá de sus muslos.

–Espero que las otras prendas que te has comprado sean más accesibles.

Ava compartía su frustración, pero mientras se preguntaba si sería posible deshacerse del vestido en el interior del vehículo, el coche se detuvo y Giannis la alzó de sus rodillas para dejarla en el asiento.

–Hemos llegado al hotel –dijo con suma frialdad al separarse de ella y pasarse las manos por el pelo–. Mejor que te arregles un poco.

Aquellas palabras la catapultaron de vuelta a la realidad, y frenéticamente se subió el cuerpo del vestido.

–¿Me subes la cremallera?

Giannis acabó de subirla segundos antes de que el conductor abriera la puerta. Giannis descendió y le ofreció la mano a Ava, que parpadeó varias veces ante los flashes de las cámaras que se disparaban frente a ellos. Angustiada pensó en el aspecto que debía tener.

–Ten. Ponte esto.

Giannis se quitó la americana y se la puso sobre los hombros. Ella bajó la mirada y vio que no había logrado subirse bien el cuerpo del vestido, con lo que sus pechos corrían peligro de salirse por el escote. Con la cara acalorada y cubriéndose con su chaqueta, entraron en el hotel.

Accedieron al ascensor y la imagen que el espejo le devolvió confirmó lo que se temía.

–Parezco una furcia –murmuró, pasándose los dedos por los labios inflamados–. Los fotógrafos han debido imaginarse lo que estábamos haciendo en el asiento de atrás del coche. Si las fotos salen mañana en los periódicos, todo el mundo pensará que no podemos quitarnos las manos de encima.

Giannis estaba apoyado contra la pared del habitáculo, una pierna cruzada sobre la otra y las manos metidas en los bolsillos. La pajarita iba suelta y Ava se sonrojó al recordar cómo había tirado de ella para poder desabrocharle varios de los botones de la camisa. Sin embargo él parecía sereno y controlado, todo lo contrario que ella.

–El objetivo de esta noche era darle publicidad a la noticia de nuestro compromiso –dijo, mirando su escote–. Y gracias a tu incómodo vestuario, vamos a disponer de la máxima cobertura.

–Supongo que tú sabías que los paparazzi iban a estar en el hotel –reflexionó, dándose cuenta de lo tonta que era–. ¿Por eso me has besado en el coche?

–La verdad es que no lo sabía, pero debería haberme imaginado que averiguarían en qué hotel nos alojamos. Siento que te hayas sentido incómoda con su aparición.

–Y yo siento haber accedido a esta farsa.

El ascensor se detuvo en el último puso y ella salió la primera, molesta consigo misma por ser tan consciente de él incluso en aquel momento, después de que la hubiera humillado.

–Pero no sientes que tu hermano se haya librado de la cárcel –contestó él secamente mientras abría la puerta de la suite y se hacía a un lado para que ella le precediera, pero a continuación la sujetó por un brazo e hizo que se volviera–. Te he besado porque me estabas volviendo loco y no he podido contenerme. Nunca he deseado a una mujer como te deseo a ti.

Ava se resistió al hechizo de su acento y de su voz profunda, pero a punto estuvo de creerse sus palabras.

–Ya puedes dejar de actuar, que no hay audiencia a la que convencer. Estamos solos.

–Soy muy consciente de que estamos solos, *glykiá mou* –declaró, centelleándole los ojos.

Capítulo 5

ALGO en su forma de pronunciar aquellas palabras le provocó un escalofrío de aprensión, más bien de anticipación, siendo sincera. Porque temerlo, no lo temía. Era su incapacidad de resistirse a él lo que le daba miedo. Aun así, se soltó y entró en el único dormitorio de la suite con la intención de encerrarse dentro, pero él la seguía tan de cerca que su risa suave la acompañó cuando se encerró en el baño.

Lavarse la cara con agua fría le refrescó la piel, pero los labios enrojecidos o el brillo frenético de sus ojos no había modo de disimularlos. Se sentía deshecha, fuera de control, y eso la asustaba. Si quería sobrevivir a aquel mes de hacerse pasar por la prometida de Giannis, tendría que tener muy claro que no iba a permitir que la manipulase.

Respiró hondo y volvió a la alcoba, pero verlo en la cama, recostado contra las almohadas, le hizo desear volver a terreno seguro. Había cruzado los brazos detrás de la cabeza y llevaba el torso desnudo, y el corazón le dio un brinco al imaginarse que podía estar desnudo bajo las sábanas que apenas le llegaban a las caderas, bajo las cuales desaparecía un vello oscuro en forma de flecha que partía de su estómago y que la tenía fascinada. Y como no podía ser de otro modo, su mirada acabó en el abultamiento obvio de su erección bajo aquel fino algodón.

—Mira cuanto quieras —bromeó.

Roja como la grana, apartó la mirada. Ver su expresión de arrogancia la encolerizó.

–Cuando dijiste que hablaríamos de cómo íbamos a dormir, di por sentado que serías tú quien pasaría la noche en el sofá.

–Esa réplica de *chaise longue* del siglo XIX es muy bonita, pero extremadamente incómoda –dijo, mientras colocaba los almohadones sobre los que se había recostado en el centro de la cama–. Esta cama es muy grande y no pienso invadir tu mitad, a menos que tú me invites –ver su expresión de ultraje le hizo sonreír–. He de decir que me anima tu elección de ropa de dormir.

No se había dado cuenta hasta entonces de que había un camisón de seda negra y encaje sobre la almohada. Recordaba que la *personal shopper* había elegido varias prendas de lencería sexy, y seguramente la doncella del hotel que había abierto su equipaje había dejado allí aquel camisón, un término que no definía aquella mínima prenda que agarró de mala manera para llevarse al vestidor.

Las ropas que había traído desde Londres seguían en la maleta, y en ella encontró su pijama de franela gris. Sonrió al verse en el espejo. Aquel pijama asesino de la pasión había sido diseñado para la comodidad, y cuando Giannis la viera con él ya no tendría dificultades para mantenerse en su lado de la cama, que era lo que ella quería... ¿no?

Lo recordó la noche anterior, en el hotel de Londres, su cuerpo delgado y fuerte colocado sobre ella antes de acercarse lentamente y penetrarla con un movimiento firme. ¿Por qué no disfrutar de lo que se le ofrecía durante aquellos treinta días?, preguntó una vocecilla. Sexo sin ataduras y sin riesgo de salir herida. Quizás hubiese llegado el momento de ser sincera consigo misma y de admitir que lo deseaba.

Antes de que fuera a arrepentirse, se quitó el pijama y se colocó el *négligé* negro. Era prácticamente transparente, salpicado solo con algunas flores de encaje situadas estratégicamente, la prenda más sexy que se había puesto jamás. Entró en la alcoba y el gemido feroz de Giannis al verla le llegó a lo más recóndito de la pelvis.

–Espero que te des cuenta de que la probabilidad de que me quede en mi lado de la cama se acaba de reducir a cero. Estás increíble, *omorfiá mou*.

No había duda de que su apreciación era auténtica. Su erección no podía obviarse, empujando contra la sábana, pero lo más sorprendente era el rojo oscuro de sus mejillas.

La confianza de Ava fue creciendo con cada paso que daba hacia él. La luz de la lamparita de la mesilla arrancaba destellos del zafiro rosa que llevaba en el dedo y ella lo miró, embrujada por su brillo iridiscente.

–Puedes quedarte con el anillo cuando finalicemos el compromiso –le dijo.

–No –replicó–. Te voy a dar un mes de mi vida, pero no estoy en venta. Solo llevaré este anillo y fingiré ser tu prometida en público, pero cuando estemos solos... –se lo quitó y lo dejó en la mesilla–, lo que yo haga o cómo me comporte, solo lo decidiré yo.

Él la miró fijamente mientras ella deshacía la lazada delantera que llevaba el *négligé*, de manera que los dos delanteros se abrieron, dejando al descubierto sus pechos firmes y unos traidores pezones endurecidos.

–¿Y qué es lo que has decidido hacer? –preguntó él con la voz pastosa.

–Esto –apartó la sábana y se montó sobre él a horcajadas–. Y esto –murmuró, acercándose para besarlo en la boca.

Durante un segundo él no respondió, y Ava se preguntó si no habría malinterpretado la situación, pero cuando la rodeó con los brazos y la apretó con tanta fuerza que habría sido imposible escapar, el corazón se le aceleró.

–Así que quieres estar al mando, ¿eh? –murmuró él mientras ella besaba su mandíbula áspera por la barba crecida. Su tono indulgente disparó las alarmas en su cabeza. Estaba claro que él creía tener el control, y solo estaba permitiendo que ella asumiera el papel dominante mientras a él le pareciera bien.

–Y será mejor que te lo creas.

Aun sobre él, deslizó las manos por su pecho y su sonrisa fue pura inocencia cuando bajaba la cabeza para llevarse a la boca uno de sus pezones, apretándolo entre los dientes.

–*Theos*... –su cuerpo dio un respingo y le oyó maldecir cuando pasó a su otro pezón y mordió fuerte–. Serás bruja...

Intentó agarrarla por el pelo, pero ella lo apartó de un rápido movimiento y avanzó hacia abajo por su cuerpo, depositando ardientes besos en su estómago y siguiendo la línea negra del vello cada vez más abajo. Con mucha suavidad, pasó los dedos por su pene, y él se puso tenso.

–Esta vez no, ángel –murmuró–. Te deseo demasiado.

Ava lamió todo lo largo de su miembro y aquel triunfo le hizo echarse a reír.

–Estoy al mando, no lo olvides –le advirtió–. No soy tu marioneta, así que no pienses que puedes controlarme.

–Eres una fiera –dijo él, riendo, pero con algo en la voz que sonaba a respeto. Y cuando con un movimiento súbito la tumbó boca arriba y se quedó mirando sus ojos durante una eternidad, fue como si quisiera leerle el pensamiento–. Me fascinas. Eso no lo he sentido con ninguna otra mujer –admitió.

Deslizó la mano entre sus piernas y descubrió que estaba tan excitada como él y, sin dejar de mirarla a los ojos, hundió un dedo en ella hasta que la oyó gemir.

–¿Quién está al mando ahora, ángel? –bromeó.

Pero a Ava había dejado de importarle si ganaba o perdía aquella batalla por el poder. Lo que le importó fue introducir una mano entre sus cuerpos y agarrar su pene, haciéndolo gemir. A lo mejor ganaban los dos, pensó.

–Estás lista para mí, *Ava mou*.

Rápidamente se puso un preservativo, volvió a colocarse sobre ella y la penetró con un movimiento lento y hondo que deleitó su cuerpo y tocó su alma. Y de pronto supo, sin sombra de duda, que siempre estaría lista para él. Seguramente no había sido un desliz llamarla *Ava mía*.

Volaron a Grecia al día siguiente, y por la noche asistieron a una fiesta en el bar con terraza más chic de todo Atenas, entre cuya clientela se encontraban varios famosos internacionales. Los paparazzi aguardaban en la calle y hubo un frenesí de flashes cuando Giannis Gekas y su novia inglesa posaron para las cámaras.

Las vistas del atardecer sobre la ciudad que se disfrutaban desde la terraza del bar eran increíbles, pero Giannis solo tenía ojos para Ava. Lucía impresionante con aquel vestido de cóctel escarlata que realzaba sus generosas curvas y él estaba impaciente porque acabase la fiesta, llevarla de vuelta a su ático y reencontrarse con su magnífico cuerpo. Su química sexual era más ardiente que cualquier otra que hubiera experimentado con sus amantes anteriores.

Sonrió para sí mismo al imaginar la reacción de Ava

si alguna vez cometía la torpeza de referirse a ella como amante. Sin duda le respondería con algún cáustico comentario que lo pusiera en su sitio. Le gustaba su naturaleza indómita, sobre todo cuando tenían sexo y ella se volvía una gata salvaje de uñas afiladas. De hecho llevaba marcas en la espalda de cuando habían alcanzado el clímax la noche anterior. Después le había recordado a un gatito satisfecho, cálido y suave, cuando se había acurrucado contra él y le había lamido los labios como si fuera el felino y acabara de tomarse un cuenco de leche.

Su intención era sacar el brazo de debajo de su cuerpo y pasarla al otro lado de la cama, pero no había querido molestarla y debía haberse quedado dormido porque, cuando volvió a abrir los ojos, tenía la cabeza apoyada en sus pechos, y estaba tan excitado que era hasta doloroso. La había despertado con besos y, haciendo caso omiso de sus protestas, había conseguido que enseguida pasaran a ser gemidos de goce al separar sus piernas y poner su boca en el centro del placer para darse un festín con su dulzura.

No sin esfuerzo consiguió separarse de aquellos recuerdos eróticos y cayó en la cuenta de que no había estado prestando atención a la conversación que se desarrollaba a su alrededor. El grupo de invitados entre los que se encontraba lo estaban mirando, obviamente esperando a que dijera algo, y se volvió a Ava pidiéndole ayuda.

—Estaba diciendo que aún no hemos puesto fecha para la boda —dijo ella—. No tenemos prisa.

—Al contrario, *agápi mou*. Yo estoy impaciente porque seas mi esposa —respondió él, rodeándola por la cintura y sonriendo con aquel encanto tan natural en él—. Espero que me disculpéis, pero quiero tener a mi futura mujer para mí solo —declaró.

Los dos se alejaron del grupo.

–¿Por qué has dicho que nos vamos a casar pronto? –quiso saber ella mientras salían de abarrotado local. Una vez estaban ya fuera y de camino al coche, se separó de él–. No había por qué pasarse con la escena. Todo eso de mirarme a los ojos como si fuera la única mujer en el mundo es innecesario.

–Necesito convencer a Stefanos Markou de que nuestro compromiso es auténtico y que voy en serio con lo de sentar la cabeza. La mujer del vestido azul con la que estábamos hablando es periodista y trabaja en una conocida revista de cotilleo. Seguro que en la siguiente edición dedican varias páginas a nuestra boda inminente.

–Otro engaño –murmuró–. Una mentira siempre conduce a otra. Sé que para ti es solo un juego, pero cuando esta pantomima termine, yo me veré humillada públicamente como la mujer que estuvo a punto de casarse con Giannis Gekas.

–A mi empresa le va a costar del orden de cien millones de libras comprar la flota de Markou. Una inversión de esa categoría no es un juego –espetó él–. Una vez haya asegurado el acuerdo con Stefanos, emitiré un comunicado de prensa declarando que has sido tú quien ha roto el compromiso porque dejaste de quererme.

Durante el viaje de vuelta a casa, notó que Ava le dedicaba varias miradas curiosas. Aparcaron en el garaje y cuando tomaron el ascensor se dio cuenta de que no podía apartar la mirada de ella. Con el vestido escarlata y aquellos tacones vertiginosos era una verdadera tentación que lo había tenido toda la velada en un estado de excitación imaginando sus largas piernas rodeándole la cintura.

Su deseo de ella no mostraba síntomas de aplacarse, todavía. Pero sin duda acabaría cediendo y empezaría a aburrirse. Sus amantes nunca habían logrado retener su interés durante demasiado tiempo. Quizás si buscase ayuda profesional, un psicólogo que quizás llegara a sugerir que era el sentimiento de culpa por la muerte de su padre lo que le hacía evitar las relaciones íntimas... pero no tenía la más mínima intención de darle acceso a nadie a su alma.

Entraron en su ático y Giannis atravesó el generoso salón para abrir las puertas que conducían a su jardín privado.

—¿Quieres tomar algo?

—Un zumo, por favor.

Fue a buscarlo a la cocina y cuando volvió ella estaba en la terraza, junto a la piscina. El agua parecía negra bajo el cielo de la noche y reflejaba la plata de las estrellas.

—¿Es esto lo que te ayuda a mantenerte tan en forma? —preguntó, señalando la piscina.

El corazón le dio un brinco. *Theos*... con ella se sentía tan inseguro y confuso como un adolescente bajo el influjo de las hormonas.

—Hago cincuenta largos todas las mañanas, pero cuando estoy en mi casa de Spetses, prefiero nadar en el mar.

Ava tomó un sorbo del zumo.

—¿Esta noche no necesitas mantener la cabeza clara? —le preguntó, señalando la cerveza que él tenía en la mano.

—Es cerveza sin alcohol.

—¿Por qué tienes tanto miedo de no tener el control?

Su percepción le sorprendió.

—Yo podría hacerte la misma pregunta.

—*Touché* —sonrió—. No me gustan las sorpresas.

—¿Ni siquiera las agradables?

—Nunca he tenido sorpresas agradables —respondió,

contemplando el horizonte–. La Acrópolis se ve preciosa con la iluminación nocturna. ¿Siempre has vivido en Atenas?

Giannis no podía comprender por qué le frustraba tanto el hecho de que quisiera alejar la conversación de sí misma. En su experiencia, a las mujeres les encantaba hablar de ellas mismas pero Ava, según estaba empezando a notar, no era como las demás mujeres.

–Crecí en la costa, en Faliron, y me enorgullezco de ser ateniense.

–A lo mejor podría hacer yo un poco de turismo mientras tú estés trabajando. Sé que lo has organizado para que asistamos a varias reuniones sociales por las noches para que nos vean juntos, pero durante el día tendrás cosas que hacer.

–Yo te enseñaré la ciudad. Una de las ventajas de tener tu propia empresa es que puedes delegar.

¿Qué demonios le estaba pasando?, se preguntó. Jamás en su vida había delegado, y sus horarios de trabajo eran, en su propia opinión, brutales. Empujado por su necesidad de lograr el éxito, trabajaba unas catorce horas al día y no podía recordar la última vez que había pasado más de un par de horas lejos de su ordenador o de su trabajo.

Cuanto más tiempo pasase con Ava, más rápidamente le conduciría la fascinación que sentía por ella a la familiaridad y, por consecuencia, al aburrimiento. Seguro. Dejó la cerveza y se acercó, reparando con satisfacción cómo había abierto más los ojos y cómo se había humedecido los labios, enviándole una invitación inconsciente que él tenía toda la intención de aceptar.

–Hay una vista todavía mejor de la Acrópolis desde la alcoba.

Ella dudó unos segundos, pero cuando puso su mano en la de él, Giannis la guio por el apartamento hasta el dormitorio, consciente de que el corazón le latía con fuerza.

–Allí –dijo, haciéndola girar hacia el ventanal de suelo a techo y la ciudadela más icónica de Grecia, situada sobre un vasto afloramiento de roca, llenó el espacio.

–Es tan bonita –dijo ella, maravillada–. Qué vista tan increíble. Puedes tumbarte en la cama y estar viendo un pedazo de historia antigua.

–Mm... –se rozó con su cuello y la rodeó con los brazos para notar el peso de sus pechos en la mano–. Se me ocurren otras actividades más energéticas que me gustaría hacer en la cama, *agápi mou*.

Ava se quitó el zafiro del dedo y lo dejó sobre la mesita de noche.

–No soy tu amor ahora que estamos solos.

–Pero eres mi amante.

Le bajó la cremallera del vestido y, cuando cayó al suelo, salió de él antes de darse la vuelta y abrazarse a su cuello.

–Sí –susurró junto a sus labios–, durante un mes voy a ser tu amante.

Mientras la tomaba en brazos para dejarla en la cama, se dijo que debería ser un alivio que Ava conociera las reglas pero, perversamente, eso le irritaba. Quizás fuera porque sus palabras habían sonado a desafío.

–Puede que desees que lo nuestro dure más de un mes.

–No –replicó mientras él se desnudaba y ella se desabrochaba el sujetador–. Pero puede que tú te enamores de mí.

–Imposible –le prometió–. Ya te he dicho que no tengo corazón.

La tumbó sobre el colchón y cubrió su cuerpo,

viendo cómo sus ojos se abrían de par en par al sentirle empujar entre sus piernas.

—Sin embargo, tengo esto, *glykiá mou* —murmuró antes de poseerla con un fiero movimiento de sus caderas, y luego otro, y otro, acelerando hasta que llegaron a lo más alto y cayeron por el precipicio juntos.

Poco después, se tumbó boca arriba al otro lado de la cama, con los brazos debajo de la cabeza, decidido a demostrarle que el sexo era lo único que estaba preparado para ofrecer. Demasiadas personas confundían la lujuria con el amor. Él mismo había cometido ese error en una ocasión, enamorándose de Caroline. Pero había aprendido la lección y pasado página.

Después de la bulliciosa y vibrante Atenas, Ava descubrió que la vida en la hermosa isla de Spetses avanzaba a un ritmo mucho más lento. Afortunadamente.

Aquel pensamiento le hizo fruncir el ceño. Debería alegrarse de que hubiera pasado ya la mitad del tiempo que debía dedicar a la farsa del compromiso con Giannis. ¿Por qué entonces quería que el tiempo se ralentizara?

No había esperado que le gustara. Habían permanecido en su piso de la ciudad dos semanas, haciendo apariciones en público en eventos de la alta sociedad. La sorprendente noticia de que el soltero más codiciado de Grecia hubiera elegido futura esposa había despertado el interés de los medios, hasta el punto de que había llegado a decirle que Stefanos Markou no podía haber permanecido ajeno a su romance a menos que hubiera estado visitando las tribus indígenas del Amazonas en la selva.

Pero sí que habían conseguido evitar a los paparazzi cuando Giannis, fiel a su palabra, le había enseñado

Atenas. Habían tomado el escarpado camino que conducía a la Colina Lycabettus para sentarse en lo más
alto y contemplar la puesta de sol sobre la ciudad. La
había llevado a recorrer el precioso barrio de Plaka y
habían paseado de la mano por sus callejuelas estre-
chas, y la llevó a cenar a pequeñas tabernas escondidas
lejos de la senda trillada por los turistas, donde comie-
ron auténtica comida griega y le estuvo contando histo-
rias de los lugares que había visitado por todo el mundo
y las personas que allí había conocido. Era un acompa-
ñante interesante y divertido, y Ava se encontró con que
cada vez caía más presa de su hechizo.

Spetses quedaba a veinte minutos en helicóptero
desde Atenas, aunque el común de los mortales no tenía
un helipuerto en el jardín como Giannis, y los visitantes
de la isla hubieran de utilizar los taxis marítimos rojos
y blancos. La isla era pintoresca, con casas encaladas y
calles empedradas cerca del puerto. El tráfico de co-
ches estaba prohibido en el centro y el trasiego de ca-
rruajes tirados por caballos transmitía la impresión de
que Spetses pertenecía a una era ya desaparecida. Esa
misma sensación se repetía al llegar a Villa Delphine, la
impresionante mansión neoclásica de Giannis, con sus
exquisitas arcadas y graciosas columnatas. Los muros
exteriores estaban pintados en amarillo pálido, y las
contraventanas verdes le proporcionaban un estilo elegante y cálido al mismo tiempo.

Sintió alivio al comprobar que Villa Delphine no se
parecía nada a la extravagante pero chabacana casa de
Chipre donde había pasado parte de su infancia, hasta
la detención de su padre y el descubrimiento de la verdad sobre él. Todos los recuerdos felices de sus primeros diecisiete años de vida le parecían ahora sucios,
contaminados por la delincuencia de su padre. Al menos Sam tenía ahora una segunda oportunidad, y alber-

gaba la esperanza de que en adelante supiera mantenerse lejos de los problemas.

Guardó el móvil en la bolsa y vio que Giannis avanzaba por la playa hacia ella. Había estado nadando en el mar, y las gotas de agua brillaban en su piel dorada y en el vello oscuro de su pecho. Llevaba un bañador que se le ceñía a la cadera y Ava sintió que se le secaba la boca al contemplar su impresionante tableta, y un calor intenso la recorrió por dentro cuando se inclinó delante de ella y la besó brevemente en la boca.

–¿Has conseguido hablar con tu hermano?

–Ahora mismo he terminado. Está ayudando en la granja de mis tíos en Cumbria, y dice que no ha dejado de llover un solo día desde que llegó. He preferido no decirle que en Grecia hay veinticinco grados. Es un alivio que se haya alejado del East End y de su asociación con...

Cortó la frase de golpe.

–¿Asociación con qué?

–Eh... históricamente la zona de los alrededores de Whitechapel en Londres ha sido bastante dura –se le ocurrió decir.

Desesperada por evitar las preguntas que presentía que él quería hacer, tomó su rostro entre las manos y lo acercó para besarlo. Giannis permitió que ejerciera el control sobre el beso y, como siempre, la pasión afloró rápidamente, pero cuando Ava intentó tirar de él para que se tumbara a su lado, se apartó de ella con una facilidad tal que sintió una punzada en el corazón.

–Desgraciadamente no hay tiempo para que puedas distraerme con el sexo –le dijo en un tono seco que a ella la hizo enrojecer–. Mi madre viene a comer con nosotros.

–Creía que estaba en Nueva York –dijo mientras guardaba el bronceador y la novela que estaba leyendo.

Giannis le había dicho que su madre, Filia, y su hermana menor, Irina, compartían la casa adyacente a Villa Delphine

—Mi madre ha vuelto antes de Estados Unidos para conocerte —dijo, siguiéndola por el camino que conducía desde la playa privada a la casa.

—Le habrás explicado que no soy tu prometida, ¿no? —se detuvo—. A ella no podemos mentirle —añadió al ver que guardaba silencio—. ¡No es justo! Puede que se haya hecho ilusiones con que vayas a casarte y a darle nietos.

—Mi madre es una cotilla de marca mayor —replicó—. Si le dijera la verdad, en dos minutos estaría llamando a una amiga para contárselo, que a su vez se lo diría a otra, y en cuestión de horas se habría filtrado a la prensa —acercó la mano a sus labios—. No pongas ese mohín, *glykiá mou*, o parecerá que hemos tenido una riña de amantes —bromeó. Su sequedad anterior se había visto reemplazada por su potente encanto, y la abrazó y la besó hasta que la sintió derretirse contra él.

¿Había tenido intención de distraerla besándola?, se preguntó Ava mientras se apresuraba a ducharse y cambiarse antes de que llegara su madre.

Cuando entró en el salón una media hora más tarde con un elegante vestido camisero azul pálido firmado por un diseñador parisino, oyó voces en la terraza hablando en griego. Ava respiró hondo y estaba a punto de salir y presentarse cuando oyó la voz de Filia Gekas a través de las puertas de cristal que estaban abiertas.

—¿Has sido sincero con la mujer con la que has decidido casarte, Giannis? ¿Se lo has contado todo de ti?

Capítulo 6

SECRETOS y mentiras. Acechaban en cada rincón del comedor burlándose de Ava mientras ella se forzaba a comer e intentaba trabar conversación con la madre de Giannis, una tarea difícil ya que Filia era una mujer descontenta cuyo único placer en la vida era, al parecer, criticar a su hijo.

No sabía qué había querido decir, o qué se suponía que Giannis tenía que haberle contado. Quizás se tratara de algo que solo era relevante si de verdad fueran a casarse, lo cual, por supuesto, no iba a ocurrir. Estaba atrapada en un engaño que acabaría cuando él hubiera cerrado su acuerdo con Stefanos Markou.

Lo miró. Estaba sentado al otro lado de la mesa, y se encontró con que la estaba observando con el ceño fruncido, como si anduviera intentando leerle el pensamiento. Ella también tenía sus secretos, reconoció, pero ¿por qué contarle a Giannis que su padre había sido condenado a prisión por haber llevado a cabo un robo a mano armada? En unas semanas habría un breve frenesí mediático cuando se anunciara que el compromiso entre el soltero de oro de Grecia y su prometida inglesa se había roto, pero los paparazzi no tardarían en olvidarse de ella, igual que sin duda haría Giannis.

—No sé por qué has pagado una fortuna por unas vacaciones en las Maldivas —estaba protestando Filia cuando volvió a prestar atención a la conversación—. Ya sabes que no me gustan los vuelos largos.

–No es mucho más que el tiempo que tardas en volar a Nueva York –señaló Giannis–. Pujé por el viaje en una gala benéfica porque esperaba que te hiciera ilusión disfrutar de un spa en un lugar exótico.

La madre se volvió a Ava.

–Me llevé una buena sorpresa cuando Giannis me dijo que os habíais comprometido y que ibais a casaros –espetó–. Nunca me había hablado de ti.

–Ha sido todo un torbellino –respondió, sintiéndose enrojecer.

–Mi hijo es un hombre muy rico. ¿Puedo preguntarte por qué has aceptado?

–¡Madre! –exclamó Giannis frunciendo el ceño, pero su madre siguió impertérrita.

–Es una pregunta razonable –replicó, y volvió a mirar a Ava con sus penetrantes ojos oscuros–. ¿Y bien?

–Yo... –¿qué podía decir?–, lo quiero.

Su voz sonó extrañamente ronca y no se atrevió a mirar a Giannis. Una mentira siempre conduce a otra, recordó, pero debió sonar convincente porque su madre, mirándola fijamente un instante más, asintió.

–Bien –dijo–. El amor y la confianza son vitales para que un matrimonio funcione.

Ava suspiró bajito cuando Giannis acudió al rescate preguntándole a su madre sobre el viaje a Nueva York. Obviamente había sido un desastre, y por supuesto era culpa suya.

–El personal muy desagradable, y el colchón lleno de bultos –se quejó del hotel de cinco estrellas.

–Siento que no te haya gustado –contestó él, con una paciencia encomiable. Ava lo miró entonces diciéndose que, si se atrevía a parecer divertido por la mentira que se había visto obligada a decir, le vaciaría la jarra de agua por la cabeza sin importarle lo que su madre pudiera pensar.

La miró desde el otro lado de la mesa y el brillo en sus ojos oscuros la hizo temblar al caer en la cuenta de algo sorprendente. No podía ser cierto, se dijo agobiada. Pero el errático latido de su corazón la traicionó. ¿De verdad había conseguido ser convincente con su madre porque se estaba enamorando de Giannis?

El helicóptero hizo una maniobra para volar cerca del agua y Ava sintió que el estómago le daba un vuelco. No se dio cuenta de que había tomado aire bruscamente y de que se había oído.

–No te preocupes –la tranquilizó Giannis–. Vasilis es un buen piloto. En unos minutos habremos aterrizado. Tenemos Gaia, la isla privada de Stefanos, justo debajo de nosotros.

Ella asintió y volvió la cara para mirar por la ventanilla a la isla cubierta de pinos y rodeada por playas de arena dorada en medio de un mar azul intenso. Era más fácil dejar que Giannis creyera que lo que la ponía nerviosa era el helicóptero. Desde luego no podía revelarle la terrible sospecha que tenía que explicaría las náuseas que había estado experimentando aquellos últimos días y que había achacado a unos langostinos que había tomado en un restaurante. Pero mientras hacía la maleta aquella mañana se había encontrado con la caja de tampones que se había llevado a Spetses consigo porque esperaba necesitarlos.

Su periodo solo se retrasaba unos días, se tranquilizó, pero una voz agorera le recordó que nunca tenía retrasos. Además, Giannis había usado protección siempre. No podía estar embarazada. El estómago revuelto y los pechos tan sensibles eran síntomas de que su periodo estaba a punto de comenzar.

Suspiró. Sus cambios de humor eran otro síntoma de

que se preocupaba innecesariamente. Cuando el helicóptero había despegado de Spetses, había dado las gracias por llevar unas gafas de sol grandes porque le habían ocultado las lágrimas. Sabía que era muy poco probable que volviera a pisar aquella isla. Giannis le había dicho que volverían a su piso de Atenas después de la reunión con Stefanos, y que dispondría lo necesario para que su avión privado la llevase de vuelta a Londres.

El helicóptero aterrizó. Giannis bajó primero y le ofreció la mano para ayudarla a bajar la escalerilla.

–Sigues pálida –le dijo, mirándola con el ceño fruncido.

–Estoy nerviosa –admitió–. Tu esperanza de comprar Markou Shipping es la razón por la que hemos pasado este último mes fingiendo estar comprometidos, pero ¿y si Stefanos lo descubre?

–¿Por qué iba a descubrirlo? La gente suele creer lo que ve. Por eso a veces un sinvergüenza convence a una mujer mayor de que le entregue los ahorros de toda su vida.

Mientras caminaban por el césped hacia una extensa villa, Giannis le pasó el brazo por la cintura y la animó a saludar al hombre de cabello gris que los aguardaba en la terraza. Stefanos Markou estrechó la mano de Giannis antes de volverse a Ava.

–He de admitir que me sorprendió el anuncio de boda de Giannis, pero ahora entiendo por qué tiene tanta prisa porque seas su esposa –sonrió–. Mi mujer ha leído que estáis planeando la boda para Navidad.

–Faltan más de dos meses para Navidad y no creo que pueda esperar tanto –respondió Giannis en voz baja, y el corazón de Ava dio el salto acostumbrado cada vez que él la miraba con aquella expresión de ternura en los ojos.

Stefanos se rio.

–Los demás compradores ya están aquí. Hablemos de negocios. Giannis, mientras Ava habla de vestidos de novia con mi esposa y mis hijas.

Los condujo al interior y presentó a Ava a su esposa, María, y a sus tres hijas, que entre todas tenían siete niños... bueno niñas, porque todas eran chicas. Stefanos suspiró.

–Parece que no estoy destinado a tener un nieto varón al que pasarle Markou Shipping. Por desgracia mi único sobrino varón es un empresario nefasto, así que por eso he decidido vender la empresa y retirarme.

La pequeña isla de Gaia era un paraíso. La esposa de Stefanos y sus hijas eran simpáticas y hospitalarias, pero Ava se sintió fatal teniendo que fingir entusiasmo por su supuesta e inminente boda. Las niñas eran un encanto, pero cuando le dejaron en los brazos al bebé de seis semanas de edad, se encontró imaginándose cómo sería tener en los brazos a su propio hijo. Intentó aplacar el pánico que la avasalló, y sintió que se le encogía el corazón al imaginarse un bebé con los ojos y el cabello oscuro de Giannis.

Al final, aduciendo un dolor de cabeza inexistente, pudo escaparse un poco a la playa. Cuando volvía hacia la villa, vio que Giannis caminaba por la arena a su encuentro.

–¿Y bien? –le preguntó con ansiedad.

Una amplia sonrisa se dibujó en su cara, volviéndolo desgarradoramente guapo, y tomándola por la cintura, la alzó en el aire.

–¡Hecho! –exclamó con voz triunfal–. He convencido a Stefanos de que me venda su empresa. He tenido que subir la oferta, pero el motivo principal por el que ha accedido es porque está convencido de que cuando nos casemos, sentaré la cabeza y me dedicaré a la vida

familiar y a los valores que Stefanos cree que son importantes. Podemos empezar de inmediato con los tra-
bajos de actualización y adaptación de la flota para
transformarla en cruceros de lujo.

–Y yo puedo irme a casa –añadió ella en voz baja.

Giannis la dejó en el suelo, pero no soltó su cintura.

–Necesitaremos unos cuantos días más para el pape-
leo y las firmas –dijo, frunciendo el ceño–. Stefanos va
a dar esta noche una fiesta para todos los empleados de
su empresa y anunciará que voy a comprarla. Será una
oportunidad de tranquilizar a los empleados diciéndo-
les que van a seguir teniendo trabajo en TGE. Stefanos
nos ha invitado a pasar la noche en Gaia y el helicóptero nos llevará a Atenas por la mañana –sus ojos oscuros brillaban de un modo indefinible que, sin embargo,
le aceleró el latido del corazón–. No veo por qué tienes
que volver corriendo a Inglaterra, *glyki´s mou* –murmuró.

Debería recordarle que habían hecho un trato y que
ahora que ella había cumplido, ya no había razón para
que permaneciera en Grecia con él. ¿Estaría diciéndole que
no quería que se marchara? ¿Qué diría si le revelase
que podría estar embarazada? ¿Seguiría queriendo que
se quedaran, el niño y ella? Todos aquellos pensamientos giraban en su cabeza a la velocidad de un torbellino
y se mordió el labio. Él dejó escapar un gruñido feroz
que despertó un calor salvaje en su interior, de modo que
cuando reclamó su boca y la besó como si no pudiera
saciarse de ella, dejó de resistirse y simplemente se
derritió en su fuego.

Aquella noche los invitados fueron trasladados en
ferry hasta Gaia. Cuando el sol se ponía ya, aquella isla
siempre pacífica se llenó de varios cientos de personas

que disfrutaban de la generosa hospitalidad de Stefanos. Un bar y una barbacoa se habían dispuesto en la playa y un famoso DJ había volado desde Nueva York para hacerse cargo de la música.

Ava se había convencido a sí misma de que aquella sensación rara del estómago se debía a que su periodo estaba a punto de comenzar, y con el magnífico humor que tenía Giannis, decidió divertirse en la fiesta y vivir el momento. Estuvo halagadoramente atento toda la velada, sin separarse apenas de su lado.

—No te vayas —le dijo en voz baja cuando estaban más o menos en mitad de la velada, y la besó suavemente en los labios, como si no quisiera separarse de ella, antes de unirse a Stefanos en el escenario al final del baile. Hubo un fuerte aplauso por parte de los empleados de Markou Shipping cuando Giannis explicó que no se perdería un solo puesto de trabajo, y que en TGE se les ofrecería la posibilidad de reciclarse.

—Menudos idiotas —dijo alguien cerca de ella, y se volvió a mirar al hombre que estaba a su lado—. No creerá que Gekas va a mantener su palabra, ¿verdad? Ha prometido continuar con los empleados de Markou solo para convencer al pobre viejo de que le venda la compañía, pero a Gekas no le interesan los puestos de trabajo de los griegos. Solo quiere los barcos, y dentro de unos meses los echará a todos.

La expresión sorprendida de Ava le hizo gracia.

—Giannis Gekas engaña a todo el mundo con sus modales encantadores, y al parecer, a usted también. Es evidente que no sabe lo que dicen los rumores sobre que don Encantador tiene un lado oscuro.

—¿A qué se refiere?

—Se dice que tiene lazos con el sindicato del crimen organizado, y que utiliza TGE como tapadera para sus actividades de blanqueo de dinero.

–Si hubiera alguna base en esos rumores, las autoridades lo habrían investigado, ¿no cree? –replicó–. Y Stefanos no le habría vendido su empresa a una persona sospechosa de ser un delincuente.

–Es lo que le he dicho antes. El viejo Markou es un bobo que se ha dejado engatusar por la aparente santidad de Gekas. Lo de fundar una ONG para ayudar a los jóvenes griegos a arrancar con sus empresas fue una maniobra inteligente –se encogió de hombros–. Y en cuanto a la policía, lo más probable es que alguno de ellos esté aceptando sobornos, o que les dé miedo lo que les pueda ocurrir a ellos y a sus familias si empiezan a investigar a Gekas. La mafia griega no es un grupito de Boy Scouts, precisamente.

Ava sintió que la boca se le secaba y que el corazón se estrellaba contra las costillas.

–¿Tiene alguna prueba de todo lo que dice, señor...?

–Por supuesto que no se puede demostrar nada. Gekas es demasiado listo para dejarse pillar. Y no le digo mi nombre porque no quiero acabar en el fondo del mar con una bala en la cabeza.

–No tiene derecho a hacer semejantes acusaciones sin fundamento contra Giannis.

–¿Cómo cree que Gekas ha llegado a ser multimillonario con treinta y tantos años? El mercado de los cruceros de lujo se vio muy afectado por la crisis económica en Grecia y en otras partes de Europa y, sin embargo, TGE ha seguido teniendo enormes beneficios –el tipo sonrió, pero su sonrisa le era desagradable–. El chantaje debe ser la fuente de su fortuna. Hace algunos años, un periodista intentó investigarlo, pero su prometido tiene amigos muy poderosos en puestos de influencia y supongo que al periodista se le pagó para que mantuviera la nariz fuera de su vida privada.

Con otra risa sardónica, el hombre se alejó y se perdió de vista entre la gente que abarrotaba el salón. El baile se había reanudado y vio que Giannis bajaba las escaleras por un lado del escenario. Era posible que nada de lo que le había dicho de él fuese cierto. ¿O sí? A ella la había cautivado con su encanto legendario, pero ¿serían una manada de tontos inocentes, ella, Stefanos Markou y todos los demás presentes en aquella fiesta, todos embrujados por su carisma?

No era la primera vez que lo veía. Quien conocía a su padre quedaba cautivado por su buen humor, y en el juicio había quedado expuesto como un implacable jefe mafioso que había empleado el soborno y la intimidación para evadir la ley. Pero no tenía pruebas de que las acusaciones lanzadas por un desconocido contra Giannis fuesen ciertas.

Un recuerdo se abrió paso en su cabeza. Era el de una mañana en el hotel de Londres, después de haber pasado la noche juntos. Él había abierto su maletín, y ella se había quedado boquiabierta al ver la cantidad de dinero en efectivo que contenía. En aquel momento ya le había parecido extraño que fuese por ahí con tanto dinero, pero entonces estaba centrada en intentar convencerlo de que retirase los cargos contra su hermano. Sin embargo, aquello le había recordado que su padre mantenía ocultos en los sitios más inverosímiles de la casa de Chipre grandes cantidades de dinero en efectivo.

Por otro lado, estaba lo que había oído decir a su madre: *¿Le has contado todo sobre ti a Ava?* ¿A qué se refería? ¿Qué le habría ocultado? ¿Y por qué una madre iba a desaprobar lo que hacía su único hijo?

La música parecía golpearle en los oídos, sintió calor, y frío, y náuseas. La bola de cristal que colgaba del techo giraba y giraba, mareándola, y tuvo la sensación de que iba a desmayarse.

–Ava –Giannis apareció de pronto delante de ella, mirándola–. ¿Qué ocurre, *glykiá mou*?

–Migraña –dijo en voz baja–. Me pasa de vez en cuando, y las luces brillantes de la discoteca me están sentando fatal. Si no te importa, me gustaría irme a la cama. A ver si me duermo y se me pasa.

–Te acompaño y me quedo contigo –dijo de inmediato.

–No. Tú tienes que quedarte en la fiesta y celebrar que has conseguido cerrar el acuerdo.

–El acuerdo no importa ahora.

–¿Cómo puedes decir eso, cuando es la razón de que tengamos que fingir estar comprometidos?

–Puede que nuestra relación comenzase como una farsa, pero creo que los dos somos conscientes de que la chispa que hay entre nosotros no tiene pinta de apagarse –dijo en voz baja, y frunció el ceño al ver que se tambaleaba–. Pero no vamos a hablar ahora de eso. Tienes que tomarte un calmante.

Lo que necesitaba era quedarse sola con aquel caos de pensamientos que tenía en la cabeza, y fue un alivio ver que Stefanos llamaba con un gesto a Giannis desde el otro lado de la estancia.

–Te necesitan. No te preocupes por mí –le aseguró, y abandonó el salón antes de que pudiera discutírselo.

Más tarde aquella misma noche, cuando Giannis entró sin hacer ruido y se acostó a su lado, Ava cerró los ojos y fingió dormir. Y a la mañana siguiente, cuando salió corriendo al baño para vomitar, él se mostró compasivo, convencido de que la migraña era la causante de sus náuseas. La ternura que mostró durante el vuelo de vuelta a Atenas no hizo sino aumentar su confusión. Le parecía imposible que pudiera estar relacionado con un submundo delictivo, pero también su padre había dado la sensación de ser un adorable hombre de familia, y ella lo había idolatrado.

Un coche los esperaba para llevarlos del aeropuerto de Atenas al centro de la ciudad y, de camino, convenció a Giannis de que la dejase en una farmacia con la excusa de que necesitaba comprarse unos analgésicos particularmente fuertes para el dolor de cabeza.

–Me gustaría no tener que ir a la oficina, pero tengo una reunión importante –dijo, y la besó en la frente–. Tómate el calmante y vuelve a la cama –le dijo con dulzura.

Una mentira siempre acarrea más mentiras, pensó ella con tristeza, tras comprar una prueba de embarazo y subir a toda prisa al ático. Las manos le temblaban mientras seguía las instrucciones. Los minutos pasaban con una lentitud agónica y ella se desesperaba yendo y viniendo por el baño. Por fin llegó el momento de consultar el resultado. Respiró hondo, miró el aparatito y se agarró al borde del lavabo porque las piernas se le volvieron de gelatina. La incredulidad del primer momento pasó rápidamente a terror. Estaba esperando un hijo de Giannis, pero ¿quién, o más importante *¿qué?*, era Giannis Gekas? ¿El carismático amante del que había empezado a enamorarse, o un delincuente que ocultaba sus actividades ilegales tras una fachada de empresario de éxito y filántropo?

Dos inmensos sobresaltos en el espacio de veinticuatro horas la habían dejado aturdida, y se llevó una mano temblorosa al estómago. Le parecía increíble que una nueva vida se estuviera desarrollando dentro de ella y sintió una desbordante sensación de protección hacia su bebé. Hablarle a Giannis de su embarazo la habría preocupado antes de oír los rumores que circulaban sobre él. Era el hombre que decía no tener corazón. Ahora la idea la llenaba de miedo. Suponiendo

que fuese como su padre, un delincuente y un menti-
roso.

Se sentó en el borde de la bañera y ocultó la cara
entre las manos. Aunque fuera capaz de preguntarle
directamente si era un delincuente, lo más probable es
que lo negase, de modo que no habría modo de saber si
podía confiar, y por esa razón no iba a atreverse a decirle que estaba embarazada.

Giannis entró en el apartamento y caminó sin hacer
ruido por el corredor hacia la alcoba. Tenía un montón
de trabajo por hacer a resultas de su compra de Markou
Shipping, pero no se había podido concentrar durante
la reunión con el Consejo de TGE porque estaba preocupado por Ava. Estaba pálida y parecía frágil al dejarla
en la farmacia, y se sentía culpable por no haberse ocupado de ella.

No entendía qué narices le había pasado en el último
mes. Su plan de que Ava interpretara el papel de su
prometida le había parecido de lo más sencillo, pero se
habían hecho amantes y, más sorprendente aún, amigos. Incluso la había llevado a Stepses, y nunca había
invitado a sus amantes a conocer Villa Delphine, su
santuario. Se había dicho a sí mismo que el viaje a la
isla era para dar publicidad a la farsa, pero en lugar de
haberse quedado un fin de semana, se habían pasado
allí dos semanas enteras. Ava era hermosa, inteligente,
a veces una leona, a menudo divertida y siempre sexy.
Eran esas pequeñas cosas... como por ejemplo cómo le
gustaba tomar melocotones frescos para desayunar, la-
miéndose el zumo que se le escurría de la boca. O
cómo migraba a su lado de la cama en mitad de la noche y cuando él se despertaba la encontraba acurrucada
en su pecho, cálida y suave, infinitamente deseable.

Theos, se estaba comportando como un adolescente, pensó con impaciencia al sentir la presión de su erección. Abrió la puerta de la alcoba con cuidado. No quería despertarla si estaba dormida, pero la cama estaba vacía. Reconoció la maleta que había en el suelo como la que había traído desde Londres. El pasaporte estaba sobre ella. Las puertas del guardarropa estaban abiertas y dentro estaban colgados los vestidos que la *personal shopper* le había ayudado a elegir en París.

Algo no iba bien, y tuvo una extraña sensación en el estómago al ver salir a Ava del cuarto de baño. Ella se quedó quieta y apartó la mirada. Giannis se recostó contra el marco de la puerta y mantuvo un tono de voz deliberadamente desenfadado.

—¿Vas a algún sitio, *glykiá mou*?

—Ya no tienes por qué llamarme cariño, ahora que has firmado el acuerdo con Stefanos —por fin lo miró, y Giannis se preguntó por qué parecía nerviosa—. He sacado un billete para Londres para esta misma tarde.

Una mano de hielo le apretó el corazón.

—¿Tenías que volver con tanta urgencia? Por cierto, ¿qué tal ese dolor de cabeza?

—Mucho mejor, gracias —respondió y se mordió el labio. Giannis tuvo que contenerse por no ir hasta ella y besarla—. He pensado que ahora que ya has convencido a Stefanos de que te venda su empresa, no hay razón para que yo permanezca en Grecia. Quiero volver y centrarme en mi carrera.

La ira le corrió como un incendio por dentro.

—Creía que estábamos de acuerdo en que no había razón por la que tuvieras que volver de inmediato.

—Tú lo decidiste. No me preguntaste qué quería yo —espetó—. Te suena, ¿a que sí?

¿Qué narices había pasado para que se obrara semejante cambio de actitud? Mentalmente intentó encon-

trar alguna pista que pudiera explicar por qué le hablaba con una frialdad en la voz que encajaba con la
expresión glacial de sus ojos grises. Se había comportado de un modo extraño, casi misterioso, al bajarse a
toda prisa del coche y entrar apresuradamente en la
farmacia. Quizás estuviera así porque eran esos días del
mes. Aliviado por haber encontrado una explicación
plausible, se relajó y dijo:

–Tengo una idea. No tienes que estar en el trabajo
nuevo de Londres hasta dentro de un mes. ¿Por qué no
te quedas en Grecia hasta entonces? Y cuando vuelvas
a Inglaterra, podemos seguir viéndonos. Yo voy con
regularidad a Londres por negocios, y podría alquilar
un apartamento para los dos.

–¿Me estás pidiendo que sea tu querida?

Giannis ocultó su irritación. ¿Es que ella esperaba
más? Las mujeres eran todas iguales; siempre querían
más de lo que él estaba preparado para ofrecer, aunque... con un sobresalto cayó en la cuenta de que no se
oponía por completo a la idea de tener una relación
convencional con Ava.

–Querida, amante... ¿qué más da? –analizó, encogiéndose de hombros.

Fue a acariciarle el pelo, pero ella se apartó.

–Lo que importa es que no quiero que esto... que lo
nuestro... se acabe aún, y necesito saber qué es lo que
tú quieres, Ava.

Le dio la impresión de que dudaba, pero quizás
fuera cosa de su imaginación.

–Quiero irme a casa –espetó al tiempo que recogía
su maleta, con una intensidad en la voz que golpeó a
Giannis tan fuerte como si le hubiera abofeteado.

Capítulo 7

UN REMOLINO de aire congelado de enero siguió a Giannis cuando entró en el coqueto edificio de Bond Street en el que TGE tenía sus oficinas del Reino Unido. No le gustaba el invierno, y Londres parecía particularmente mustio ahora que las fiestas habían pasado ya. Había pasado unas Navidades tristes con su madre, ahogadas como cada año por la culpa, porque sabía que él era la causa de su infelicidad. El Año Nuevo lo había pasado en un exclusivo resort de esquí en Aspen, pero cuando el reloj daba las campanadas de medianoche, se había inventado una excusa para la morena que se había colgado de su brazo durante toda la velada y había vuelto solo a la habitación del hotel.

Igual estaba pillando el virus de la gripe que andaba por todas partes. Rara vez estaba enfermo, pero así podría explicarse su pérdida de apetito, las dificultades para dormir y una preocupante indiferencia hacia el trabajo, los amigos y el sexo. El sexo en particular.

Cuando Ava le había devuelto el zafiro antes de marcharse sin mirar atrás, él había dado por hecho que no tendría dificultad alguna para olvidarla, y de hecho creía haber triunfado bailando en la fiesta de Nochevieja con aquella morena cuyo nombre no conseguía recordar. Pero cuando, ¿Dana? ¿Donna?, le había ofrecido un striptease privado, había pensado en la melena rubia de Ava cayéndole sobre los pechos, sus ojos grises y su pasión, y había tenido que admitir que la echaba de menos.

Sobre la mesa tenía unas cuantas cartas sin abrir, y las

revisó con el ceño fruncido. Su secretaria había sido ingresada en el hospital con un ataque de apendicitis poco antes de Navidad, y la sustituta de Phyllis debería haber abierto su correo personal para entregarle solo lo que tuviera importancia. Era obvio que algunos de aquellos sobres contenían felicitaciones de Navidad, pero dado que ya estaban a mediados de enero, sintió la tentación de tirarlo todo a la papelera, pero respiró hondo y abrió uno de aquellos sobres. La imagen era de un petirrojo con el pecho exageradamente carmesí. La abrió. La caligrafía era difícil de descifrar y se llevó una sorpresa al ver el nombre de Sam McKay en la última línea. Recordó entonces que Ava le había contado que su hermano había tenido dificultades en el colegio porque era disléxico.

> *Estimado señor Gekas,*
> *Quería darle las gracias por no seguir con la demanda por los daños de su barco. Ha sido muy amable por su parte. Siento que Ava y usted no se casaran al final. Siento que no saliera bien y siento lo del bebé.*
> *Feliz Navidad*
>
> *Sam McKay*

¡El bebé! Leyó la nota dos veces más e intentó encontrarle sentido. ¿Qué bebé? Miró la fecha del matasellos y maldijo al ver que Sam la había enviado el quince de diciembre, hacía más de tres semanas.

Una idea imposible se abría paso en su cabeza. ¿Podría ser que Ava estuviera embarazada de él? Y si era así, ¿por qué no se lo había dicho? La sangre se le heló en las venas. ¿Qué diablos quería decir Sam en aquella nota con lo de que era una pena lo del bebé? ¿Habría tenido un aborto? ¿O habría...?

Un golpe de bilis se le subió a la garganta. El recuerdo del día en que Caroline le dijo que ya no estaba embarazada seguía persiguiéndolo. Miró la nota de Sam y respiró hondo al pensar en el modo tan raro en que Ava se había comportado el día en que dejó su casa de Atenas, hacía tres meses ya. ¿Sabría entonces que estaba embarazada, y pensaría que un bebé no podía encajar en su carrera?

Theos... que la historia no se repitiera otra vez. Descolgó el teléfono.

—Cancela todas mis reuniones —le dijo a la sustituta de su secretaria que tan prontamente había respondido a su llamada—. Voy a estar fuera el resto del día.

En el adosado del East London al que había llevado a Ava hacía cuatro meses para recoger el pasaporte había un cartel en el que se leía *Vendido*. Si se había mudado, haría lo que fuera para encontrarla, se juró mientras avanzaba hacia la puerta y llamaba con el puño. Si estaba embarazada y pretendía ocultarle a su hijo, iba a descubrir que no había lugar en el planeta tierra donde esconderse de él.

La puerta se abrió y Ava lo miró con los ojos de par en par. Rápidamente intentó cerrar, pero Giannis metió el pie para impedírselo y a continuación, el hombro.

—¿Qué quieres? —lanzó, pero debajo de la aspereza, percibió miedo. ¿Miedo de él?

—Quiero la verdad —respondió, mostrándole la felicitación que había recibido de su hermano, que ella leyó con cara de sorpresa primero, y con sonrojo después.

—No le he explicado a Sam que fingí ser tu prometida para que retirases los cargos contra él —aclaró—. Supongo que piensa que estoy mal porque se haya roto nuestro compromiso, lo cual no es cierto, claro.

—Solo me interesa una parte de la nota—le dijo con frialdad—. ¿El bebé del que habla Sam es mío?

Ava palideció y él se sintió peligrosamente a punto de perder el control.

–No tengo por qué decirte nada. ¡Y tú no tienes derecho a entrar así en mi casa!

–¿Estabas embarazada cuando te marchaste de Atenas?

En lugar de responder, Ava dio la vuelta y corrió al salón. Giannis la siguió de inmediato y se encontró rodeado de cajas. Era obvio que el contenido de la casa estaba embalado y preparado para la mudanza.

–¡Contéstame, maldita sea! –explotó.

Ava se vio acorralada en aquella abarrotada estancia y agarró una sartén que estaba en una caja.

–¡Aléjate de mí! –exigió, blandiendo la sartén en el aire–. Me defenderé si me obligas.

–No voy a hacerte daño –respondió, sereno–. Tengo derecho a saber si te quedaste embarazada de mí.

Tras varios segundos tensos, Ava bajó el brazo y dejó la sartén en la caja.

–Está bien... sí –admitió–. Acababa de saber que estaba embarazada cuando volví a Londres.

Giannis miró su delgada figura, vestida con vaqueros y una holgada camiseta blanca. La melena de miel la llevaba recogida en una coleta, y su piel clara y sonrosada brillaba de buena salud. Estaba aún más hermosa de lo que él la recordaba, pero no daba la impresión de estar embarazada, y dado el tiempo transcurrido, ya debería notarse, ¿no?

Se guardó las manos en los bolsillos y apretó tanto los puños que las uñas se le clavaron en las palmas.

–Dices que *estabas* embarazada –dijo, haciendo un auténtico esfuerzo por retener el volcán de emociones que tenía dentro–. ¿Significa eso que, ya sea por accidente o por decisión tuya, ya no lo estás?

–¿Por accidente o por decisión mía? No te entiendo.

–Tu hermano decía que sentía lo del bebé. Y antes de marcharte de Atenas me dijiste que querías centrarte en tu carrera. ¿Has interrumpido el embarazo?

Ava retrocedió y derribó una caja con adornos de Navidad. La alfombra se llenó de bolas brillantes.

–¡No!

Giannis respiró hondo. Necesitaba oírselo decir.

–Entonces, ¿ese niño es mío?

–Sí. Sam quiere decir que era una pena que hubiéramos roto estando yo embarazada.

–Entonces, ¿por qué demonios has intentado ocultármelo? ¡Tengo derecho a saber que voy a ser padre!

–No te pongas moralista conmigo. No tienes derecho alguno sobre este bebé, Giannis –las mejillas se le arrebolaron y saltaron chispas de sus ojos–. Sé lo que eres. He oído que tienes relaciones con la mafia.

–¿Qué?

–Ya sé que lo vas a negar, pero no te lo he dicho porque no pienso correr el riesgo de que mi hijo vaya a tener a un delincuente como padre –espetó, cruzándose de brazos, desafiante.

No sacó las manos de los bolsillos por temor a sentir deseos de zarandearla y ver si recuperaba un poco de sentido común. Jamás le pondría un dedo encima a una mujer, y menos aún a la madre de su hijo.

Hacía cinco años ya que había perdido un hijo, pero milagrosamente volvía a tener la oportunidad de ser padre. La oportunidad de redimirse. Quería ser un buen padre, igual que lo había sido el suyo, y amaría a ese niño tanto como su padre lo había querido a él.

–Por supuesto que niego pertenecer a una organización criminal. ¿Quién te ha dicho algo así? Debió ser en la fiesta de Stefanos.

Giannis supo que había acertado cuando la vio bajar la mirada. Recordaba que su actitud hacia él había cambiado desde la noche de Gaia. Se había marchado temprano de la fiesta y a la mañana siguiente lo había achacado a una migraña, pero entonces ya debía saber que estaba embarazada.

Una furia negra y amarga se arremolinó en su interior al darse cuenta de que Ava había intentado ocultarle a su hijo porque había creído un rumor sin fundamento. Un recuerdo se le apareció de repente.

—Te vi hablando con Petros Spyriou mientras yo estaba con Stefanos. ¿Fue él quien te contó esa historia?

—No sé cómo se llamaba el hombre que me habló.

—¿Te creíste a pies juntillas lo que te dijo un desconocido, sin darme antes la oportunidad de defenderme? —se ofendió—. Fuimos amantes un mes antes de ir a Gaia, pero está claro que no significó nada para ti.

—¿Qué es lo que compartimos, aparte de sexo y mentiras, Giannis? Me chantajeaste para que interpretara el papel de prometida y que pudieras engañar a Stefanos, así que cuando oí que usabas TGE como tapadera para tus actividades delictivas, no supe qué creer.

—Y saliste huyendo —atacó, y sintió una satisfacción salvaje al ver que el color se le borraba de las mejillas, pero no por ello pudo obviar la sensación de traición, la herida que le había causado que tuviera tan poca fe en él.

Mientras estaban en las Spetses, había pasado más tiempo con ella que con cualquier otra mujer. Incluso cuando salía con Caroline y su relación duraba ya casi un año, se veían solo para cenar un par de días a la semana y pasaban de vez en cuando algún fin de semana juntos.

—Petros Spyriou es sobrino de Stefanos. Petros cree que su tío debería haberle puesto al mando de la empresa en lugar de vendérmela. Tiene celos de mí, y esa es la razón de que vaya propagando esas mentiras por ahí —sonrió con tristeza—. Ha conseguido asustarte, pero se va a encontrar en los tribunales enfrentándose a una demanda por difamación e injurias.

—Dijo que, hace unos años, un periodista intentó investigarte, pero que lo disuadieron de publicar lo que había descubierto sobre ti.

Giannis apretó los puños dentro de los bolsillos del abrigo, y deseó tener delante al gusano del sobrino de Stefanos. Su ficha había sido borrada diez años después de pasar por la cárcel, que era el procedimiento estándar según las leyes griegas, pero de alguna manera un periodista se había enterado y le había pedido dinero por mantener su silencio. A Giannis le había repateado tener que ceder al chantaje, pero acababa de romper con Caroline y de perder a su primer hijo, así que estaba tremendamente sensible y habría hecho lo que fuera por mantener los detalles de la muerte de su padre lejos de los focos.

Apretó los dientes al recordar que, mientras habían vivido juntos en Villa Delphine, se había sentido tentado de confesarle a Ava que él era el responsable de la muerte de su padre. Gracias a Dios que no le había desnudado el alma. Desde luego no pensaba decirle la verdad ahora. No quería que el horror que pudiera suscitarle la empujase a volver a desaparecer con su hijo.

—Todo lo que Petros te dijo fue pura fabulación. Créeme o no me creas, me da igual, pero no vas a separarme de mi hijo, y si intentas hacerlo, pediré la custodia y ganaré, porque tengo dinero y poder, y tú no tienes ninguna de las dos cosas.

—Ningún tribunal separaría a un niño de su madre —espetó, pero había palidecido.

—¿Estás dispuesta a correr el riesgo?

Su mirada negra era tan fría que Ava se estremeció. Le parecía imposible que los ojos de Giannis hubieran brillado alguna vez con calor y alegría, o que una vez hubieran sido amigos y amantes. Pero su pasión desbocada se había traducido en aquel bebé que crecía en su vientre día a día. El hijo de Giannis. Era extraño que aquellas palabras pudieran resultar tan emotivas, y más extraño aún que, al verlo en su puerta, su cuerpo hubiera vibrado en respuesta a su intensa masculinidad.

Debía ser la mujer más débil del mundo: después de que había entrado a la fuerza en su casa y la había amenazado con quitarle a su hijo, el corazón le dolía al devorar con la mirada su cabello suave como la seda y la perfección escultural de sus facciones. Se había pasado los últimos tres meses pensando en él sin tregua, pero viéndolo allí, en mitad del caos de su salón, le pareció más alto de lo que lo recordaba y más ancho de hombros bajo el abrigo negro que llevaba puesto.

Una llamada a la puerta rompió el tenso silencio que reinaba en el salón. Ava miró por la ventana y vio un camión aparcado delante de la casa.

—Tendremos que continuar con esta conversación en otro momento —le dijo—. Los de la mudanza ya están aquí para llevarse estos muebles de mi madre a un guardamuebles. Ha vendido la casa.

—Creía que esta casa era tuya, y que la vendías porque querías irte donde yo no pudiera encontrarte.

—Vivía aquí con mi familia antes de que nos mudáramos a Chipre. Mi padre había puesto la escritura a nombre de mi madre, y después de que él... —dudó—, después de que se divorciaran, mi madre, Sam y yo nos volvimos a vivir aquí, aunque yo luego me marché fuera a estudiar la carrera. Mi madre y su nueva pareja han comprado un negocio de *bed and breakfast* en Peak District.

—Entonces, ¿dónde vas a vivir? Supongo que tendrás que quedarte en el East End para estar cerca del trabajo. Al menos mientras puedas seguir trabajando, antes de que nazca el niño.

Cada segundo fruncía más el ceño y ella apartó la mirada.

—No me renovaron el contrato porque la organización de apoyo a las víctimas para la que trabajaba no disponía de más fondos para pagar mi puesto. Voy a alquilar una habitación en casa de una amiga, pero estoy pensando en volverme a Escocia. Allí las casas son más baratas y estaré más cerca de mi madre y de Sam.

Iba a necesitar ayuda de su familia siendo madre soltera, pensó mientras se apresuraba a abrir la puerta principal. El equipo de mudanza entró en tropel y enseguida quedó patente que Giannis y él estaban estorbando, sobre todo cuando los hombres empezaron a llevar cajas y muebles a la furgoneta.

—Será mejor que te vayas –le dijo—. Mi amiga Becky, que es con quien me voy a quedar, se ha ofrecido a venir después para recoger mis cosas, porque yo no tengo coche.

—Ya cargo yo lo que quieras en mi coche y te llevo a su casa –se ofreció, y su tono no dejaba lugar a discusión–. ¿Qué cajas son tuyas?

Señaló dos cajas que había junto a la ventana y, cuando él la miró sorprendido, ella contestó:

—No me gustan los cachivaches, y tampoco tener demasiada ropa.

—¿Por eso te dejaste los vestidos que te había comprado en el piso de Atenas?

—Dejé los vestidos y el anillo de pedida porque tú no me habías comprado a mí, Giannis.

La idea de que había pagado aquellos hermosos diseños y el maravilloso zafiro con dinero que quizás hubiera ganado ilegalmente le resultaba repugnante.

Giannis la miró fijamente, pero no dijo nada. Simplemente se agachó y recogió una de las cajas que contenía sus posesiones mundanas, pero cuando Ava hizo lo mismo para cargar con la otra, él espetó:

—Suelta esa caja. No debes cargar con nada en tu estado.

—¿Quién crees que ha preparado todas estas cajas y las ha bajado desde la primera planta? –replicó—. Mi madre está muy ocupada preparando su nueva casa, y

yo llevo semanas organizando esta y dejándola preparada para los nuevos dueños.

–A partir de ahora, no realizarás ninguna actividad
que pueda poner en peligro a mi hijo –le advirtió, con
un acento que sonaba muy griego y muy posesivo y que
a ella debería haberla molestado, pero su estúpido corazón se ablandó ante aquella muestra de preocupación
por su bebé.

Ya le había entregado las llaves a la agencia inmobiliaria
y al salir hacia la calle se dio cuenta de que estaba cerce-
nando el último vínculo que la unía a su padre. En el número cincuenta y uno de Arthur Close era donde Terry
McKay había organizado sus robos y desde donde contro-
laba a sus acólitos. Había sido un delincuente implacable,
pero para ella siempre se había mostrado como una persona
divertida que le había construido una cabaña en un árbol. El
encanto de su padre la tenía embelesada, y saber la verdad
sobre él le había producido una honda desconfianza.

En contraste con el viento frío que azotaba Arthur
Close, el interior del coche de Giannis le pareció un
paraíso cálido y lujoso. Se acomodó en el asiento de
cuero y le dio la dirección de Becky.

–Ponte el cinturón –le recordó él, pero antes de que
pudiera hacerlo, se inclinó sobre ella y Ava respiró el
perfume almizclado de su loción. Olía maravillosa-
mente, y por un instante sus rostros quedaron tan cerca
que se odió por desear besarle la mejilla.

Le colocó el cinturón de seguridad y ella dejó escapar el aliento cuando se separaron y él puso el coche en
marcha. ¿Había respondido así su cuerpo porque sabía
de manera instintiva que era el padre de su hijo? ¿Cómo
podía seguir deseándolo cuando no sabía si podía confiar en él?, se preguntó desesperada.

Giannis encendió la radio y sintonizó una emisora de
música fácil de escuchar. La música junto con el avance

suave del coche tuvieron un efecto soporífero en ella. Por fortuna las náuseas habían desaparecido enseguida, pero no el cansancio tremendo que había venido sintiendo aquellos últimos días. Era normal, le había dicho la comadrona en la revisión. Era el modo en que la naturaleza la empujaba a descansar para que el bebé pudiera crecer.

Cuando abrió los ojos se preguntó dónde estaba antes de recordar que Giannis se había ofrecido a llevarla al otro lado de la ciudad a casa de Becky. Entonces, ¿por qué estaban en la autovía? El reloj del salpicadero le reveló que había estado dormida casi una hora.

—Este no es el camino a Fulham. ¿Adónde me llevas?

—Vamos a mi casa de St. Albans. Llegaremos en unos diez minutos. Tenemos que hablar.

—Yo no quiero hablar contigo —respondió, y echó mano al tirador de la puerta.

Giannis maldijo.

—Está cerrada. ¿De verdad estás tan loca como para querer tirarte en marcha de un coche que va a ciento treinta kilómetros de velocidad?

—No tengo nada que decirte, y tú... tú me has amenazado con quitarme a mi hijo

—Estaba enfadado —respondió con aspereza.

—Eso no justifica que me hayas hablado así.

—Lo sé —respiró hondo—. No quiero pelear contigo, Ava, pero sí lo mejor para el bebé, y no creo que criarse en un estudio, o que lo dejen a diario en una guardería durante horas mientras tú te vas a trabajar sea ni de lejos el mejor modo que podemos ofrecerle de empezar en la vida—hizo una pausa—. ¿No crees?

Incapaz de darle una respuesta, se volvió a mirar por la ventanilla para que no pudiera ver las lágrimas que se le habían agolpado en los ojos cuando le había oído decir *nuestro hijo*. Por primera vez desde que había mirado atónita el resultado de la prueba de embarazo, se había sentido acompañada, y eso le hizo darse cuenta de lo asustada que había estado ante la idea de tener ella sola al niño, sin nadie con quien compartir las preocupaciones y la responsabilidad. Su madre estaba ocupada con su nueva vida y su nuevo compañero, y su hermano afortunadamente parecía estar aclarándose las ideas y disfrutaba trabajando en la granja de sus tíos, de manera que no había nadie en quien confiar aparte de Giannis, pero a pesar de que había oído de sus labios que no era un delincuente, no sabía si podía creerle o no.

Abandonaron la autovía y atravesaron un pequeño pueblo antes de girar para entrar por unas puertas de hierro forjado que portaban un cartel que decía Milton Grange. Al final de un serpenteante camino, había una preciosa casa victoriana construida en cuatro pisos y cubierta de hiedra. Hacía media hora que había empezado a caer una nieve fina y los laureles de delante de la puerta estaban empolvados en blanco. Pero a pesar de que la nieve estaba preciosa, Ava se alegró de entrar al vestíbulo, donde los recibió el ama de llaves de Giannis.

—La chimenea está encendida en el salón, y la comida estará lista en media hora —anunció la mujer a la que Giannis presentó como Joan cuando se hubo hecho cargo de sus abrigos.

—¡Qué preciosidad de casa! —murmuró Ava contemplando el salón con mobiliario de aspecto cómodo, decorado en tonos neutros que le conferían un efecto sereno y hogareño.

—La compré como inversión —le dijo—, pero es demasiado grande, sobre todo porque no vivo aquí de modo permanente, así que he ofrecido los dos pisos de arriba para que sirvan de centro de descanso a una organización benéfica que ayuda a los padres y a las familias de niños discapacitados. Se reformaron los pisos superiores para transformar una casa enorme en dos propiedades separadas.

Ava se sentó en un sillón junto al fuego y lejos del sofá en el que Giannis se acomodó.

–¿Te apetece tomar un té o un café? –le ofreció él. En la mesa de centro había una cafetera y una tetera.

–Té, por favor. Podría tomar café descafeinado, pero he renunciado por completo al café. Además, al principio solo el olor me revolvía el estómago.

Él frunció el ceño.

–¿Tienes muchas náuseas por la mañana? No puede ser bueno para el bebé que vomites todo el tiempo. ¿Te alimentas bien?

–Ahora estoy bien, y como hasta demasiado –suspiró–. Como no tenga cuidado, me voy a poner como una casa.

–Estás preciosa –dijo en voz baja. Ava tragó saliva y cuando sus ojos se encontraron sintió una sensación familiar en la pelvis. Era tan guapo... ojalá la situación entre ellos fuera distinta, y en lugar de ofrecerle un té la llevara en volandas al piso de arriba y le hiciera el amor despacio, llenándola.

–¿De cuánto estás?

–De dieciocho semanas. A las veinte, me harán otra ecografía para ver cómo va el desarrollo del bebé y podré saber el sexo –se mordió el labio–. Es posible que me quedara embarazada la primera noche en Londres.

–Si no recuerdo mal, ni tú ni yo dormimos mucho aquella noche –bromeó con esa arrogancia que a ella la ponía mala.

–Y ahora tenemos que enfrentarnos a las consecuencias de nuestros actos –dijo en tono neutro.

Él tomó un sorbo de café.

–Me gustaría ir a la ecografía –dijo de pronto–. ¿Tú quieres saber el sexo?

–Creo que sí. Supongo que tú esperas que sea niño. Si era una niña, a lo mejor perdía interés.

–Seré igualmente feliz tanto si es niño como si es niña. Lo único que importa es que nazca sano y bien.

Sus palabras eran el resumen de sus propios sentimientos, y la emoción amenazó con desbordarla. Estaba demasiado cerca del fuego y tenía calor, pero no quería acercarse a él, de modo que fue a quitarse la sudadera, pero solo entonces se acordó de que la camiseta de tirantes que llevaba debajo era demasiado pequeña y le quedaba muy ceñida porque el pecho le había aumentado al menos en dos tallas. Ojalá se imaginara que el rubor que sentía crecer en las mejillas se debía al fuego de la chimenea y no porque había visto aparecer en sus ojos un hambre que despertaba en ella un calor abrasador, y se quedó muy quieta cuando le vio levantarse y acercarse a ella.

–Antes has dicho que ahora no tienes trabajo. ¿Cómo pensabas arreglártelas económicamente?

–Mi trabajo de antes en Glasgow sigue vacante. Trabajar con víctimas no es una carrera popular ni bien pagada –se lamentó–. Dispondré de unos meses de baja cuando nazca el bebé, pero luego tendré que volver a trabajar para mantenernos los dos.

–Quiero participar en la vida de mi hijo –le dijo con firmeza–. Y por supuesto, me ocuparé económicamente de él y de ti.

–No quiero tu dinero –se resistió. No quería que él pudiera pensar que lo había atrapado con aquel embarazo solo porque era rico.

–Lo que tú quieras o lo que quiera yo no es importante. Lo único que importa es que hagamos lo correcto para el niño, que no ha sido buscado pero sí es querido. ¿Te parece que nos pongamos de acuerdo al menos en eso?

Su voz sonó como terciopelo y Ava asintió. No se atrevía a hablar cuando se sentía tan vulnerable.

–¿Qué sugieres entonces? –le preguntó, rendida.

–Creo... –dudó–, creo que deberíamos casarnos.

Capítulo 8

VA TARDÓ unos segundos en poder volver a respirar, y tuvo un extraño zumbido en los oídos. Giannis no había dicho que quisiera casarse con ella. ¿Por qué iba a querer? Lo único que le interesaba era el bebé que llevaba en las entrañas y ella era, simplemente, parte necesaria en la ecuación.

–Estás loco –le contestó–. No funcionaría.

Tiró de un taburete para sentarse frente a ella, tan cerca que sería muy fácil estirar el brazo y tocar su pelo, fácil y, al mismo tiempo, imposible.

–¿Qué otra alternativa hay? –preguntó–. Aunque llegásemos a un acuerdo amistoso y compartiéramos la custodia, un niño necesita estabilidad, algo que yo puedo darle en Grecia, en Villa Delphine. Podría comprarte una casa en Inglaterra y nos estaríamos mandando al niño de un sitio al otro como si fuera una pelota de pin pon. Navidad contigo, primer cumpleaños conmigo... pero eso no me haría feliz, creo que a ti tampoco y estoy seguro de que tampoco sería una niñez feliz para nuestro hijo o hija.

Aquella lógica no tenía ni un pero. Todo lo que había dicho tenía sentido. Pero sus emociones no eran ni lógicas ni razonables, sino que estaban desperdigadas por todas partes, más aún cuando él tomó su mano y acarició con el pulgar su muñeca, en el punto donde latía el pulso.

–Te guste o no, el bebé y tú sois mi responsabilidad, y quiero cuidar de los dos –declaró, mirándola a los ojos–. Nuestra relación funcionó muy bien durante el mes que fingimos estar comprometidos.

Sería demasiado fácil dejarse seducir por su carisma y caer presa de su hechizo, pero si quería sobrevivir, tenía que ser fuerte y mantener el control.

–Lo que tuvimos no fue una relación. Solo fue sexo.

–Un sexo que tú disfrutaste tanto como yo, *glykiá mou* –bromeó.

Con las mejillas rojas de vergüenza, bajó la mirada y se preguntó qué estaría pensando. Aunque el embarazo no se le notaba aún, había perdido la cintura. Antes de que se conocieran, Giannis se había acostado con algunas de las mujeres más hermosas del planeta y dudaba que su cama hubiera estado vacía durante los meses que llevaban separados.

–¿Esperas que sea un matrimonio de verdad?

–Yo no espero nada. No espero intimidad, a menos que tú decidas que es lo que deseas.

Debería sentirse aliviada por su respuesta, pero lo que consiguió fue confundirla aún más. Giannis era un hombre de sangre caliente y el celibato no sería un estado natural para él, pero quizás su idea fuera buscar placer en otro sitio.

Giannis se levantó y le ofreció una mano para que ella hiciera lo mismo.

–¿Qué me respondes?

–Necesito tiempo para considerar mis opciones –dijo sin moverse y en un tono tan frío como el de él. Casi podrían estar discutiendo los detalles de un acuerdo comercial en lugar de tomando una decisión que afectaría al resto de sus vidas. Pero su embarazo ya había tenido un efecto fundamental, y se le ocurrió que, tanto si aceptaba su proposición como si la rechazaba, iban a estar unidos para siempre por el niño que habían creado juntos.

—No tardes mucho—le dijo saliendo ya del salón—. Quiero que estemos casados antes de que nazca el niño.

—Vas a notar frío el gel —advirtió alegremente la especialista antes de poner una buena cantidad de lubricante denso y claro en el vientre de Ava.

Ava intentó meter tripa. Estaba siendo intensamente consciente de la presencia de Giannis, sentado junto a la cama del hospital en el que le estaban haciendo la ecografía. Se había subido la camiseta hasta debajo de los pechos y se había bajado los pantalones hasta las caderas y, desde su ángulo de visión, su estómago parecía enorme.

—Tengo entendido que tienes que comer por dos —le había dicho Joan, el ama de llaves de Giannis, cuando él le explicó que se iban a casar en cuanto pudieran organizarlo todo.

Las brillantes luces que había en aquella sala arrancaban destellos del zafiro rosa que volvía a llevar en el dedo. En aquella ocasión, el compromiso era real y el corazón se le encogió al pensar que muy pronto iba a ser la esposa de Giannis.

Había aceptado su proposición al día siguiente de que él le pidiera matrimonio. Se había pasado toda la noche sin dormir, intentando decidir si lo creía a él o al sobrino de Stefanos Markou. Desde un punto de vista práctico, sabía que Giannis estaba decidido a ser el padre de su hijo, y llegó a la conclusión de que estaría en una mejor posición para salvaguardarse a sí misma y a su hijo si se casaba con él.

—Puedes elegir otro anillo si prefieres no llevar este —le había dicho al devolverle el zafiro rosa.

–Me parece adecuado llevar el anillo que me regalaste mientras fingía ser tu prometida, dado que nuestro matrimonio va a ser de conveniencia –se emperró en insistir.

Sus ojos habían brillado peligrosamente, pero se había limitado a contestar:

–Como desees, *glykiá mou*.

Lo que deseaba era que la rodeara con los brazos y la besara hasta dejarla sin sentido para que pudieran fingir que eran los amantes que habían sido en las Spetses, antes de que los rumores, las dudas y su embarazo hubieran erigido un muro entre ellos. Pero Giannis se había marchado de la habitación y ella se había sentido demasiado vulnerable para ir tras él y dar el primer paso en un intento de romper el estancamiento de su relación.

Volvió a pensar en el presente. El ecógrafo seguía avanzando por su estómago.

–Si miran a la pantalla, van a ver el corazón del bebé. Miren cómo late. Y esto es una mano... y aquí está la otra –la especialista iba señalando la imagen gris del monitor–. Y la carita se le ve de maravilla.

Ava contuvo el aliento mientras contemplaba las diminutas facciones de su bebé. Giannis le apretó la mano. Ya le habían hecho otra ecografía, pero aquella estaba siendo la primera ocasión en la que veía a su hijo, y se preguntó cómo se sentiría él ahora que el bebé era una realidad tangible en lugar de solo algo de lo que habían hablado.

–Todo está como debería –dijo la especialista–. Entiendo que quieren conocer el sexo del bebé.

–Sí –contestaron ambos al mismo tiempo.

–Van a ser padres de un chico –anunció sonriendo–. Enhorabuena.

Ava apartó la mirada de su hijo, *¡su hijo!*, y, conteniendo lágrimas de orgullo y alegría, miró a Giannis. El corazón le dio un vuelvo cuando vio que una lágrima le rodaba mejilla abajo y que seguía con la mirada clavada en el monitor. Se pasó una mano por la cara y, cuando se volvió a mirarla, no había ni rastro de aquella emoción.

—Ahora ya sabemos de qué color pintarle la habitación —dijo en voz baja.

Ella asintió, incapaz de hablar por el nudo que se le había formado en la garganta. Pasara lo que pasase entre ellos, ahora tenía la certeza de que Giannis amaría a su hijo y que jamás se separaría de él. Y por eso, de alguna manera, tendrían que conseguir que su matrimonio funcionase.

Otro pensamiento se abrió paso en su cabeza al recordar los hirientes comentarios que había hecho su ex cuando se había enterado de que su padre era el infame gánster del East End, Terry McKay. Obviamente no existía un gen criminal, pero es que no podía olvidar lo que el sobrino de Stefanos le había dicho sobre que Giannis estaba involucrado en el crimen organizado. Si los rumores sobre él eran ciertos, y si de verdad era posible que existiera un gen delictivo, ¿qué futuro le aguardaba a su hijo?

En el coche de vuelta a Milton Grange, no hablaron demasiado. Los pensamientos de Ava le daban vueltas y más vueltas en la cabeza, y no tenía la energía necesaria para intentar romper la distancia emocional que había entre los dos. Cuando llegaron a casa, Giannis se fue directo a su estudio pretextando una importante llamada de trabajo y a Ava el tiempo frío y gris de aquel fin de enero no la animó a salir a dar un paseo, así que decidió utilizar la piscina climatizada del invernadero.

No se había comprado un bañador premamá, y el bikini que tenía de las Spetses apenas le cubría los pechos ahora más llenos, pero nadie iba a verla así que no se preocupó. El agua estaba calentita e hizo varios largos antes de salir y escurrirse el pelo. Una repentina bocanada de aire frío entró en el invernadero. La puerta se había abierto y, con un brinco, su corazón recibió a Giannis, que entraba con un albornoz.

–Decías que ibas a trabajar toda la tarde –musitó ella, ruborizada por ser consciente de que aquel bikini condenadamente pequeño revelaba mucho más de lo que a ella le permitía sentirse cómoda.

–Estaba aburrido ya de trabajar y he decidido venir a nadar contigo.

Se quitó el albornoz y Ava devoró su cuerpo con la mirada.

–Pues yo me acabo de salir.

Su sonrojo creció al darse cuenta de lo tonto de sus palabras.

–Ya lo veo –se burló sonriendo, pero cuando fue acercándose su sonrisa se desvaneció y en sus ojos oscuros brilló un hambre feroz que la confundió.

–Deja de mirarme así –dijo, intentando cubrirse el ligero abultamiento del vientre con las manos, pero no podía hacer nada por disfrazar el hecho de que los pechos casi se le salían de la parte de arriba del bikini. Se sentía expuesta, gorda, y él debía estar comparándola con todas las mujeres hermosas que habían compartido su cama en el pasado.

–¿Cómo voy a dejar de mirarte, si me dejas sin aliento? –murmuró él con voz áspera.

–Estaba delgada la última vez que me viste en bikini.

–Estás increíble. ¿Sientes moverse al bebé?

–Son como aleteos más que patadas en esta etapa, pero la comadrona dice que irán siendo más fuertes a medida que vaya creciendo.

–¿Puedo tocarte? –preguntó, mirando su abdomen.

Ella asintió, aunque no se sentía muy segura. También era su hijo, y no podía negarle la oportunidad de participar en el embarazo, pero cuando sintió su mano en el estómago, cuando notó cómo abría la mano, tembló, y confió en que no se imaginara el calor húmedo que se le estaba acumulando entre los muslos.

–¡Ahora! ¿Lo has notado?

Sujetó su mano un poco más abajo cuando notó de nuevo un ligero aleteo.

–*Theos* –musitó con la voz ronca–. Entre los dos hemos creado un milagro, *glykiá mou*.

Estar tan cerca le estaba poniendo las emociones patas arriba. Tenía que alejarse y romper el hechizo. Pero era demasiado tarde y tuvo que limitarse a contemplar, indefensa, cómo bajaba la cabeza.

–Giannis –susurró, pero fue más un ruego que una protesta, y el brillo intenso de sus ojos le dijo que él lo sabía. Su respiración le rozó los labios antes de que cubriera su boca y la besara como tanto había deseado que lo hiciera, como tantas veces lo había soñado desde que se marchó de Grecia.

No podía resistirse, y ni siquiera se le ocurrió intentarlo. Su mano seguía posada en su estómago, y se quedó sin aliento cuando la bajó y deslizó los dedos por la piel desnuda que delimitaba el final del bikini. Ella quería que se aventurase dentro de la tela y la tocase donde anhelaba ser tocada. Quería que hundiera sus dedos en ella e increíblemente sintió las primeras olas de un orgasmo que empezaban a formarse dentro de su pelvis antes de que la hubiese acariciado íntimamente.

Una tensión completamente diferente la sacudió al ser consciente de hacia dónde les estaba llevando aquello. ¿Cómo iba a poder entregarse a él teniendo dudas?

Pero, de pronto, todo terminó. Giannis se separó de ella y, maldiciendo, se lanzó al agua.

Ava le vio nadar hasta el final de la piscina y se preguntó si de alguna manera habría presentido sus dudas, aunque una explicación más plausible para su rechazo podía ser que su embarazo lo desanimara. Se había mostrado atento con ella porque estaba embarazada de él, pero le había dejado bien claro que no la deseaba.

Al menos así sabría exactamente en qué punto estaba con él, se dijo mientras se cubría con la toalla y ocultaba la vergüenza de los pezones endurecidos. Se casaba con ella para poder reclamar al niño, y ella había accedido a ser su esposa porque tenía miedo de que pidiese la custodia de su hijo, puede que no inmediatamente, pero no podría vivir con esa amenaza colgando sobre su cabeza.

¿Por qué demonios había intentado meterle mano como un torpe adolescente en su primera cita?, se preguntaba furioso Giannis, avanzando en el agua. Oyó la puerta del invernadero cerrarse de golpe señalando su partida, pero él siguió nadando, haciendo un largo tras otro, castigándose por haber perdido el control.

Desde que había visto las imágenes de su hijo, se sentía como en una montaña rusa emocional. El embarazo de Ava le había parecido irreal hasta el momento en que la especialista le había señalado en el monitor el corazón del feto latiendo con fuerza. En aquel instante se había dado cuenta de que nada –ni el dinero, ni las posesiones, ni el poder– eran importantes comparados con su hijo.

Llegar a la piscina y verla con aquel diminuto bikini lo había descentrado por completo. El embarazo la había transformado en una diosa, y él se había quedado embrujado por sus generosas curvas, sus senos como melocotones maduros y la curvatura de su vientre en el que estaba su hijo. Quería tocarla y sentir una conexión con su bebé, sentir el movimiento de una vida nueva y frágil. La maravilla de aquella sensación le había colocado un nudo en la garganta y algo completamente primario se había desatado en su pecho. Su hijo. Su mujer. Moriría por protegerlos a ambos.

¿Había besado a Ava para reclamarla como suya? Mofándose de sí mismo, admitió que había sentido una necesidad básica de llevarla a una de aquellas tumbonas y poseerla del modo más primitivo. El deseo había bombardeado su sangre y sus entrañas con un ritmo machacón, y había olvidado que no confiaba en él, aunque no debería sorprenderle su desconfianza ya que la había amenazado con llevarse al niño.

La había besado por la sencilla razón de que no podía resistirse a ella, pero cuando sintió su rigidez, su rechazo, supo que el único culpable era él. Cuando la había convencido, o presionado, para que se casara con él, se había prometido a sí mismo que tendría paciencia y que esperaría a que fuera ella la que se acercara a él, pero en lugar de eso se había comportado como un cerdo.

No iba a volver a ocurrir, se juró al salir de la piscina. Controlaría su deseo por Ava porque había demasiado en juego. Había descubierto que quería más de ella aparte del sexo. Lo quería todo: su dulce sonrisa, su risa contagiosa, su incisiva y despierta inteligencia y su fiera pasión. Y quería a su hijo. Porque, en el caso de que no lograra alcanzar cuanto esperaba, a su hijo sí que lo iba a tener.

A mediados de febrero, el deshielo había transformado el maravilloso panorama invernal de nieve en una papilla grisácea, justo en el momento en que se iba a celebrar la boda en la capilla privada de Milton Grange, aunque a Ava le daba igual el tiempo, cuando su matrimonio con Giannis iba a ser tan falso como lo había sido su compromiso cinco meses antes.

Desde el incidente de la piscina habían mantenido una distancia emocional y física. El contacto más próximo que habían tenido había sido el roce accidental de sus manos al cruzarse en el descansillo.

Menos mal que la boda iba a ser una ceremonia pequeña, ya que se había organizado con poco tiempo, y tanto su madre como la de Gianni estaban de vacaciones en climas más cálidos del hemisferio sur y no podían asistir. Becky, su mejor amiga, sí que iba a estar, y Sam le había prometido que no faltaría. Estaba deseando verlo.

Pero el problema de su distanciamiento no era solo atribuible a Giannis, y tenía que reconocerlo. Sus dificultades para confiar en los demás le impedían bajar la guardia. Y ahora su padre volvía a ser, una vez más, su principal preocupación.

Todo había empezado con un correo que había recibido de un autor que estaba escribiendo un libro sobre las bandas del East End y había descubierto que ella era hija de Terry McKay. El autor quería hablar con ella sobre su infancia y sobre cómo había sido crecer con un padre que era un conocido gánster. Ella le había contestado diciendo que nunca hablaba de su padre, pero era consciente de que no iba a poder impedir que el libro se publicara.

Sería injusto para Giannis que se enterarse de sus orígenes leyendo un artículo de prensa o un libro. Debería contarle la verdad sobre su pasado antes de casarse, pero tampoco podía olvidar las palabras de Craig diciéndole que su hijo podía parecerse al abuelo, y tenía miedo de la reacción de Giannis. ¿Los rechazaría a los dos? Atormentada por la indecisión, se volvió taciturna y reservada, algo que a Giannis no le pasó desapercibido.

—Estás muy pálida, y apenas has pronunciado palabra en todo el día –comentó durante la cena la noche anterior a la boda–. ¿No te encuentras bien? El bebé...

–Estoy bien, y el niño me ha dado patadas hace poco, así que también debe estar bien –lo tranquilizó. Sabía que la preocupación casi obsesiva de Giannis por su salud era porque se preocupaba por su hijo, pero ¿qué sentiría si supiera que los genes de su retoño provenían de aguas muy turbia?–. Deben ser los nervios de antes de la boda.

–No tienes por qué estar nerviosa. Ya te he dicho que no te voy a exigir nada.

¡Ojalá lo hiciera! Ojalá tirara del mantel, salieran disparados los platos y todo lo demás, y le hiciera el amor apasionadamente y con urgencia en la pulida superficie de caoba de la mesa. En ocasiones lo había pillado mirándola con un brillo especial en la mirada que la había hecho pensar que aún la deseaba, pero entonces recordaba cómo se había apartado de ella aquel día en la piscina, y su orgullo no le permitía volver a arriesgarse a recibir la humillación del rechazo.

Se fue a la cama temprano aduciendo que estaba cansada, y pasó por alto su gesto irónico al consultar el reloj y ver que aún eran las ocho. Sorprendentemente se quedó dormida, pero se despertó sobresaltada. Había soñado con la boda, con que Giannis y ella estaban en el altar y uno de los invitados interrumpía la ceremonia para denunciar que era la hija de un gánster. La mirada de disgusto de Giannis se le quedó grabada, el estómago le dio un vuelco y tuvo que levantarse a toda velocidad. Sin pararse ni a ponerse la bata, recorrió a toda prisa el corredor hasta llegar a su habitación.

–¡Ava! ¿Qué ocurre?

Giannis estaba sentado en la cama, recostado sobre unos almohadones, leyendo unos documentos.

–¡No puedo casarme contigo! –explotó.

Capítulo 9

L A RESPIRACIÓN de Gianni silbó. No era la primera vez que Ava le hacía sentirse como si acabaran de darle un puñetazo en el estómago. Cuando lo acusó de estar involucrado en actividades delictivas se había puesto furioso, y su falta de confianza en él le había hecho más daño de lo que quería admitir. ¿Seguiría creyéndose las mentiras de Petros, o sería otro problema?

–He hecho cuanto he podido por convencerte de que no espero nada de nuestro matrimonio que tú no estés dispuesta a darme –le recordó con sequedad.

El modo en que se mordía el labio tuvo un efecto muy predecible en su cuerpo. Menos mal que la sábana ocultaba la erección.

–Sé muy bien que no me encuentras atractiva –espetó. Parecía sentirse herida–, pero esa no es la cuestión.

–¿Entonces, qué? –preguntó, decidido a ser paciente–. Ven, *glykiá mou*. Cuéntame qué te preocupa.

Ella dejó de ir y venir de un lado al otro de la alcoba y lo miró.

–No he sido sincera contigo.

Por un segundo que le detuvo el latido a su corazón se preguntó si el bebé que llevaba dentro sería o no suyo. Ella le había dicho que lo más probable era que se hubiera quedado embarazada en su primer encuentro sexual, pero ¿podría ser que ya lo estuviera cuando se conocieron?

–Cuando me preguntaste si quería invitar a mi padre

a la boda, te dije que no estoy en contacto con él —explicó en voz baja–. Lo que no te dije es que mi padre está cumpliendo una condena a quince años de cárcel por robo a mano armada.

Giannis soltó el aire que había estado reteniendo. Por supuesto que el niño era suyo, pero se le ocurrió que no estaría mal seguir el consejo de su abogado y hacerse una prueba de paternidad cuando naciera.

–¿Quieres decir que no quieres casarte sin que tu padre esté presente?

–Lo que quiero decir es que soy la hija de Terry McKay, quien tuvo el honor de ser el delincuente más buscado de Inglaterra —ocultó la cara en las manos y sollozó–. Siento mucha vergüenza. Mi padre robó varias joyerías en Hatton Garden y estuvo envuelto en tráfico de drogas y extorsión, y nosotros, mi madre, Sam y yo, no supimos nada de esa vida secreta que llevaba hasta que fue detenido y encarcelado.

Giannis se levantó de la cama y rápidamente se puso unos pantalones antes de acercarse a Ava y tirar suavemente de sus manos. Verla llorar le provocó una punzada en el corazón.

–¿Y por qué sientes vergüenza? Tú no eres responsable del comportamiento de tu padre.

–Yo lo quería, y confiaba en él. No tenía ni idea de que fuera el jefe de una banda de delincuentes —volvió a sollozar–. El hombre que yo creía conocer me había engañado durante toda mi vida, y ahora me cuesta confiar en la gente —admitió–. Estaba desesperada por evitar que mi hermano pudiera caer en una vida de delincuencia.

–Entiendo que estuvieras tan ansiosa por evitar que Sam fuese a un correccional. Y por qué te creíste las mentiras que Petros te contó sobre mí –dijo, reflexionando, y a continuación rodeó a Ava con los brazos. El corazón le dio un brinco al notar que ella no se resistía; más bien se acurrucaba contra él, y Giannis le apartó el pelo de la cara. Sentía como si le hubieran quitado un peso de encima, ahora que comprendía por qué había prestado oídos a lo que el sobrino de Stefanos le había querido decir.

–Lo siento –continuó Ava–. Cuando Petros intentó convencerme de que habías estado involucrado en actividades delictivas debería haber sabido que tú eres un millón de veces mejor.

¿Un millón de veces mejor? Apoyó la barbilla en lo alto de su cabeza para no tener que mirarla a los ojos. ¿Qué diría si le contara que había matado a su propio padre? No deliberadamente, pero su estupidez y su arrogancia lo habían conducido a cometer un terrible error que lamentaría el resto de su vida. En conciencia sabía que debía contarle lo que había hecho, pero si lo hacía Ava podría negarse a casarse con él, o a permitirle ver a su hijo. Apretó los dientes. Era un riesgo que no estaba dispuesto a correr.

–Me daba miedo contarte lo de mi padre por cómo podría hacerte sentir respecto del bebé.

Sorprendido por lo que acababa de decirle, la miró a la cara sin comprender.

–Mi ex decidió no casarse conmigo por si nuestros hijos llegaban a heredar un gen que los inclinara hacia la delincuencia. ¿Y si nuestro hijo...?

–Está claro que tu ex era un idiota –Giannis la abrazó una vez más–. Los niños aprenden de su entorno, y nuestro hijo contará con la seguridad de ser querido y cuidado por sus padres. Las cosas que le enseñemos cuando sea niño formarán al hombre que llegará a ser.

–Supongo que tienes razón –se mostró de acuerdo. Giannis la sintió relajarse cuando le acarició la melena. Saber que su padre era un delincuente explicaba muchas cosas, y admiró su determinación por proteger a su hermano.

No podría decir cuándo su deseo de consolarla se transformó en un deseo completamente distinto. Quizás ella recogió las sutiles señales que su cuerpo estaba enviando; el desigual movimiento de su pecho, su respiración acelerada y el latido fuerte de su corazón.

La miró a los ojos y vio que sus pupilas se dilataban y que, inconscientemente, se humedecía los labios con la lengua, y la necesidad se volvió insoportable.

—Sé que me deseas —le dijo, y ella se sonrojó—. ¿Por qué me rechazaste cuando estábamos en la piscina?

—Fuiste tú quien me rechazó. Te lanzaste al agua porque no podías soportar estar cerca de mí.

—Tú te quedaste paralizada cuando te toqué, y lo interpreté como que no te gustaba que te tocase.

—Me gustaba demasiado, pero no estaba segura de si podía confiar en ti —y tras un instante de duda, añadió—: siento haber escuchado a Petros.

—Entonces, ¿te gusta cuando te toco aquí? —quiso saber, y deslizó una mano hasta el abultamiento de su vientre. Sentía un intenso orgullo de saber que su hijo estaba allí, dentro de ella. Bajó más la mano y la oyó contener el aliento cuando alzó el *négligé* y acarició sus braguitas.

—No me engañes —le susurró—. Mi cuerpo ha cambiado mucho desde que nos vimos por primera vez, y no quiero sexo por compasión.

Él emitió un sonido a medio camino entre la risa y el gemido antes de quitarse los pantalones y acercar su pene erecto a ella.

—¿Esto te parece sexo por compasión, *glykiá mou*?

Con manos temblorosas le quitó el camisón y cubrió sus pechos con las manos.

—Es cierto que tu cuerpo ha cambiado con el embarazo, y estás aún más hermosa. ¿Tienes idea de lo atractiva que me resultas con todas estas curvas que me muero por explorar con las manos y con la boca? ¿Sabes cómo me siento cuando te miro y te veo madura y llena con mi hijo? Es como si fuera el rey del mundo. Y deseo hacerte el amor más de lo que he deseado cualquier otra cosa en mi vida.

—Entonces deja de hablar y actúa —le exigió, y él sonrió antes de reclamar su boca y besarla como si el mundo estuviera a punto de estallar y aquella fuese la última oportunidad que iba a tener de saborear sus dulces labios. Tenía tanta hambre... jamás en su vida había sentido una necesidad tan acuciante de una mujer, pero Ava no era una mujer cualquiera, era suya, insistía la bestia primigenia que llevaba dentro, y sentirse tan posesivo le resultó completamente desconocido.

A pesar de la impaciencia de ambos, Giannis estaba decidido a tomarse su tiempo para saborear cada deliciosa curva, cada exquisita hondonada del cuerpo de Ava. Descubrió que sus pechos se encontraban increíblemente sensibles, de modo que cuando los acarició con las manos y lamió sus pezones ella emitió un gemido fino que suscitó un gemido hondo en él a modo de respuesta.

La tomó en brazos y la dejó sobre la cama, pero cuando ella intentó tirar de él, se zafó de sus manos y bajó por su cuerpo para colocarse una pierna de Ava sobre cada hombro y poder lamer a placer su calor. Nunca había contemplado una imagen más bella que la del rostro arrebolado de Ava al alcanzar el clímax.

Solo entonces, cuando aún temblaba, la hizo abrir las piernas y se colocó sobre ella para penetrarla con un cuidado exquisito hasta sentirse en el fondo de su suavidad de terciopelo.

—No me voy a romper —le susurró ella al oído, como si se hubiera imaginado que tenía miedo de renunciar al control, y Giannis comenzó a moverse. Su ritmo se hizo uno y llegaron a la cima juntos, y cuando él estalló, ella también lo hizo, y el hielo que rodeaba el corazón de Giannis se resquebrajó un poco.

Al día siguiente, un sol pálido se abrió camino entre las nubes y bailó sobre la alfombra de copos de nieve que cubría el jardín de la iglesia cuando Ava y Giannis posaban en las escaleras de la capilla para el fotógrafo. En el dedo anular lucía la sencilla alianza de oro que él le había colocado, y junto a ella brillaba el zafiro rosa en forma de corazón que había sido la inesperada elección de Giannis cuando era su novia de conveniencia, un momento que parecía pertenecer a otra vida.

Y, en cierto modo, así era. Su apellido había dejado de ser Sheridan, o McKay. Ahora era Ava Gekas, esposa de Giannis, y en unos meses sería madre.

–Apenas se te nota el embarazo –comentó Becky, su dama de honor, en voz baja cuando ambas entraron a la capilla privada en la que los demás invitados se habían reunido y donde Giannis la esperaba en el altar. El vestido abrigo de seda marfil que había elegido en lugar de un vestido de novia largo estaba diseñado hábilmente para disimular el embarazo, y su ramo de rosas de color rosa pálido, con gipsófila y unas caídas de hiedra, componía un precioso punto focal.

Giannis estaba devastadoramente guapo con un traje gris marengo, y Ava sintió que temblaba cuando ocupó su lugar junto a él, preparada para que empezase la ceremonia.

–¿Tienes frío, *glykiá mou*? –le preguntó tomando su mano –. No te preocupes, que luego yo te calentaré.

La recepción iba a tener lugar en un hotel del pueblo, y después un coche los conduciría al campo de aviación donde el avión privado de Giannis iba a llevarlos a Grecia.

–Volveremos cuando haya nacido el niño –dijo Giannis cuando el avión despegó– aunque si prefieres que vivamos en Milton Grange, puedo trasladar mi base a Inglaterra.

–¿De verdad harías eso? –preguntó, sorprendida–. Creía que querías que nuestro hijo creciera en Grecia.

–Tendrá un hogar seguro y sólido dondequiera que vivamos, pero también quiero que tú seas feliz, *glykiá mou*.

La esperanza asomó sus brotes verdes dentro de Ava.

–Seré feliz viviendo en Villa Delphine –sonrió–. Spetses es un hermoso lugar para criar a un niño, y por suerte mucho más cálido que Inglaterra. Estoy deseando poder nadar en el mar.

–No vas a poder hacerlo hasta dentro de unos meses –se rio–. El agua no está agradable hasta junio.

–Cuando nacerá el niño –dijo, y sintió mariposas en el estómago ante la idea de dar a luz–. Será bueno llevarlo a nadar cuando tenga unos meses.

–Y yo le enseñaré a navegar cuando tenga la edad adecuada. Yo tenía cinco años cuando mi padre me llevó por primera vez, y me encantó la sensación de volar sobre las olas en su barco.

Rara vez hablaba de su padre y Ava lo miró con curiosidad.

–¿Por eso decidiste dedicarte a los cruceros?

–Mi padre tenía un negocio en el que organizaba cruceros por las islas griegas. El *Nerissa* fue su primer barco a motor. Había mucha competencia de otros operadores pero, en lugar de entrar en una guerra de precios, la idea de mi padre fue ofrecer lujo en sus barcos con la idea de atraer a clientes adinerados –una sombra cruzó su rostro–. Cuando falleció, yo seguí con su política de ofrecer exclusividad en lugar de cruceros baratos.

–Debes echarlo de menos –comentó con suavidad.

–A diario. Era un hombre maravilloso y un padre amoroso y paciente, como yo seré con nuestro hijo.

Le pareció que dudaba un instante, como si quisiera decir algo más, pero acabó volviendo la cara y mirando por la ventanilla. De nuevo había vuelto a poner las barreras.

La idea de que le ocultaba algo no era un buen augurio para el comienzo de un matrimonio, pero cuando llegaron a Spetses, justo cuando se ponía el sol, Giannis insistió en tomarla en brazos para traspasar el umbral de Villa Delphine, como si fuera una novia de verdad y su matrimonio un verdadero romance, que era lo que obviamente debía pensar el personal de la casa, congregado en la entrada para saludarlos.

–Tengo una sorpresa para ti –dijo, y tomó su mano para conducirla escaleras arriba. Abrió la puerta que quedaba más cerca del dormitorio principal–. ¿Qué te parece?

Ava contempló la habitación que se había preparado para el bebé. Las paredes se habían pintado de un azul pálido y decorado con animales de granja. Había una cunita blanca que de momento estaba llena de peluches, pero pronto su hijo dormiría allí.

–Podemos cambiar lo que no te guste –dijo Giannis al ver que ella se había quedado callada.

–Está preciosa –respondió, y tragó saliva–. No quiero cambiar nada.

–Pedí a los decoradores que hicieran una puerta que conectase con nuestra habitación.

«Nuestra habitación», sonaba bien, pensó mientras entraban en su alcoba y se dejaba abrazar.

–Adoro esa habitación.

«Y te adoro a ti», fueron las palabras que se guardó en el corazón.

Rodeó su cuello con los brazos y sonrió al oírle maldecir con el descubrimiento de las docenas de diminutos botones que cerraban su vestido.

–La paciencia es una virtud –le recordó dulcemente, y él la castigó devorando su boca y atormentando después sus pezones hasta que ella le rogó piedad–. Te deseo –le dijo.

Giannis sonrió mientras se recostaba sobre las almohadas como un sultán indolente y la llamó moviendo un solo dedo.

–Entonces, tómame –la invitó.

Y eso fue lo que hizo, con una pasión tan intensa que le hizo gemir cuando se lo llevó dentro y le hizo el amor con el cuerpo, el corazón y el alma.

Más tarde, cuando él la retenía en los brazos y le acariciaba el pelo, Ava lo besó en el hombro y en silencio le reveló el secreto que guardaba su corazón. «Dale tiempo», se dijo cuando él la besó en la nariz.

–Duérmete, *glykiá mou*. Has tenido un día duro.

No eran las palabras que deseaba escuchar de sus labios, pero al menos se preocupaba por ella. Por primera vez desde que con diecisiete años había sabido la verdad sobre su padre, bajó la guardia y dejó que la esperanza y la felicidad le llenasen el corazón.

La primavera en Grecia llegaba antes que en Inglaterra y el campo en Spetses era una alfombra de amapolas rojas y jaras con los pétalos blancos y el centro naranja brillante. Unas margaritas dejaban que la brisa les meciera y el perfume de la camomila y el romero impregnaba el aire.

Ava adoraba la isla y no tardó en sentirse en ella como en su casa. Algunos días, Giannis viajaba a su oficina de

Atenas en helicóptero, pero normalmente trabajaba en su estudio y después comían juntos en el porche.

Le presentó a los amigos que tenía en la isla, y a Ava le sorprendió comprobar que algunos de ellos eran parejas casadas y con hijos. Le preocupaba que fuera a echar de menos su estilo de vida de playboy y se animó al comprobar que parecía cómodo y relajado cuando se reunían con otras familias.

Las semanas pasaron casi sin sentir y el sol brillaba a diario en el cielo azul. La única nube negra que oscurecía su buen humor era la madre de Giannis. Filia había estado fuera, con unos parientes en Rodas, pero cuando volvió a Spetses, Giannis la invitó a cenar a Villa Delphine.

Su aguda mirada se clavó de inmediato en su vientre abultado.

—Me había preguntado por qué tantas prisas con la boda —dijo con displicencia—. Giannis no tuvo la cortesía de decirme que voy a ser abuela.

Ava lo miró sorprendida. Era raro que no le hubiera hablado del embarazo a su madre.

—¿Has disfrutado del viaje? —le preguntó, desesperada por romper el tenso silencio que se había establecido entre madre e hijo.

—La soledad viaja conmigo dondequiera que voy —dijo, encogiéndose de hombros. Poco después, recogía el bolso para marcharse—. Espero que actúes con más responsabilidad cuando seas tú el padre.

—No lo dudes. Cuidaré bien de mi hijo —replicó Giannis.

Un rato más tarde, Ava lo encontró de pie en el porche. La noche estaba oscura porque las nubes habían tapado la luna, pero en aquel momento apareció e iluminó su perfil. Parecía muy lejos de allí y tan serio que no supo cómo llegar hasta él.

–Tu madre es una mujer desdichada –observó en voz baja.

Ava puso su mano sobre la de él, que estaba apoyada en la balaustrada, y notó claramente cómo se tensaba, una reacción que volvió a despertar en ella el sentimiento de vulnerabilidad.

–Yo fui la causa de su desdicha –se limitó a decir, y Ava no se atrevió a preguntar.

–Me voy a la cama. ¿Vienes?

–Tengo algunos documentos que leer. Me quedo un rato –dijo, y la besó en los labios–. No me esperes despierta.

Giannis vio a Ava entrar de nuevo en la casa y maldijo entre dientes. Sabía que debería ir tras ella, tomarla en brazos y subirla al dormitorio, que era lo que ella quería que hiciera. Y él también, por supuesto. Quería hacerle el amor, porque precisamente el sexo no era el problema. Estaba en el tercer trimestre de embarazo y su figura llena de curvas le parecía intensamente deseable. Pensar en Ava desnuda, acurrucada contra él, sonrosada de la pasión y con el cabello rubio desparramado sobre la almohada le provocaba una sensación extraña, como si le estuviesen apretando el corazón con un puño de hierro. Le encantaba acariciar su vientre sabiendo que su hijo estaba ahí. No tardaría en nacer, pero su entusiasmo estaba mezclado con ansiedad. ¿Qué sabía él de ser padre o de cuidar de un bebé? ¿Y si cometía un error y le hacía daño, igual que había cometido aquel trágico error años atrás?

La referencia que había hecho su madre durante la cena le había hecho pensar en la fragilidad de la vida, aunque no necesitaba recordatorios. Jamás podría olvidar las consecuencias de su irresponsabilidad de los diecinueve años; ni olvidarla, ni perdonarse, lo mismo que le ocurría a su madre. Ahora, mientras aguardaba el nacimiento de su hijo, echaba de menos a su padre más que nunca, y le desgarraba el corazón saber que su hijo no podría conocer a su abuelo.

Apretó la balaustrada con fuerza y clavó la mirada más allá de la playa, en el mar negro, bañado de luz plateada de la luna. Su padre amaba el mar, y se sentía más cerca de él en Spetses. Por eso quería que su hijo creciera en la isla, y afortunadamente Ava parecía feliz viviendo en Villa Delphine, pero ¿duraría esa felicidad si admitía que había sido el responsable de la muerte de su padre y que había sido enviado a prisión por conducir bajo los efectos del alcohol, que según el forense había sido la causa más probable del fatal accidente?

Igual decidía que no era apto para ser padre y se llevaba a su hijo a Inglaterra. El recuerdo de la reacción de Caroline a su confesión seguía persiguiéndolo. No podía arriesgarse a perder a su hijo, y de pronto una luz le hizo comprender que tampoco quería perder a Ava. Se había casado con ella para poder reclamar a su hijo, pero durante los meses transcurridos desde la boda, ella se había colado detrás de sus defensas.

Apretó los dientes. Si no se andaba con ojo, acabaría enamorándose de ella, algo que no formaba parte de su plan. *¡Theos!* Cruzó la terraza y entró en la casa, y al llegar al pie de la escalera, dudó, pero rápidamente se dirigió a su estudio, diciéndose burlón que el trabajo ofrecía una red de seguridad y un lugar donde esconderse de las emociones complicadas.

Pero cuando encendió el ordenador y leyó el correo que tenía en la bandeja de entrada del periodista que había intentado chantajearle cinco años atrás, sintió una bola dura de miedo en la boca del estómago y supo que nunca iba a poder escapar de su pasado.

Capítulo 10

AVA NO tenía ni idea de a qué hora se había
acostado Giannis. Faltando solo seis semanas
para el parto, con frecuencia estaba tan cansada
que, a pesar de todos los esfuerzos que hacía por permanecer despierta, se quedaba dormida. A la mañana
siguiente, vio la huella de una cabeza en la almohada y
cuando bajó, él ya estaba trabajando en el estudio.

Pero por lo menos su mal humor parecía haberse
evaporado, y la saludó con una sonrisa. Ava le recordó
que tenía una revisión rutinaria con la matrona. En un
par de semanas se trasladarían a Atenas para poder estar
cerca de la maternidad privada donde nacería su hijo.

—Quiero ir contigo —le dijo—, pero está demasiado lejos para que puedas ir andando. Le diré a Thomas que
prepare el caballo y el carruaje —su teléfono sonó, y su
sonrisa quedó reemplazada por una expresión dura—. Lo
siento, *glykiá mou*. Tengo que atender esta llamada. ¿A
qué hora es la cita?

—Dentro de media hora, pero quiero hacer algunas
compras antes. Thomas me llevará. Luego nos vemos.

El centro de la ciudad de Spetses estaba prohibido al
tráfico rodado, y a Ava le encantaba la novedad de moverse en un carruaje abierto, protegida del sol por una
sombrilla y oyendo el ruido de los cascos del caballo
sobre el camino. Suspiró feliz. Su vida en Villa Delphine era idílica, y la ternura con que Giannis la trataba
le hacía sentirse querida de un modo que nunca antes

había sentido. Por alguna razón la relación con su madre era difícil, y de ahí su mal humor de la noche anterior, pero ella estaba centrada en prepararse para ser madre y el embarazo la protegía del mundo real.

En la clínica la comadrona escuchó el corazón del bebé y quedó satisfecha.

–Te doy los informes para que puedas llevártelos a la maternidad –le explicó al entregarle una carpeta.

Por pura curiosidad, les echó un vistazo. Hablaba griego con fluidez, pero leerlo le costaba un poco más, y dio por sentado que debía haber entendido mal lo que ponía en una frase.

–¿Dice que se le tomará una muestra de sangre al bebé al nacer? –su confusión creció al ver que la matrona asentía–. ¿Es un procedimiento normal en Grecia?

–Solo cuando se pide una prueba de paternidad.

El corazón se le paró y aun así, logró salir tranquilamente de la clínica e incluso sonreír a Thomas cuando la ayudó a subir al coche, pero por dentro estaba en estado de shock. Creía que todos los malos entendidos habían quedado resueltos entre ellos y que no tenían secretos, pero todo aquel tiempo él había estado desconfiando de ella, temiéndose que pudiera estar intentando colarle el hijo de otro. Sintió náuseas y un dolor tremendo en el pecho.

Cuando volvió a casa y oyó el ruido del motor del helicóptero –señal de que Giannis estaba a punto de marcharse de la isla– la ira que llevaba dentro se le desbordó como la lava de un volcán. A punto estuvo de chocar con él en el vestíbulo.

Parecía tenso y distraído, y frunció el ceño cuando ella le puso la carpeta de los informes en el pecho.

–Tengo que hablar contigo.

–¿Le ocurre algo al bebé? –preguntó, preocupado.

–El bebé está bien. El problema lo tienes tú. ¿Cuándo

has pedido que le hagan al niño una prueba de paternidad? ¡Y no intentes negarlo! –espetó con furia–. Está escrito en el informe. ¿Acaso crees que nada más dejarte después de la fiesta de Markou, me lancé a la caza de otro hombre?

–No. Pero, en el momento en que solicité que se hiciera la prueba, creía posible que ya estuvieras embarazada antes de que nos acostáramos en Londres.

–¿Cómo puedes dudar de mi integridad de esa manera?

–Como tú dudaste de mí creyéndote las mentiras de un hombre celoso –espetó–. Mira, ha surgido algo importante y tengo que marcharme para Atenas –continuó, sin mirarla a los ojos.

–¿Te marchas? ¿No soy lo bastante importante para ti como para quedarte y que podamos hablar de un asunto importante en nuestra relación? Está claro que no –añadió.

Giannis estaba recogiendo su maletín, pero se detuvo en la puerta a mirarla.

–Soy consciente de que tenemos que hablar, y lo haremos en cuanto me haya ocupado de... un problema que hay en la oficina –su voz sonaba cargada de tensión–. Lo cierto es que me había olvidado de lo de la prueba de paternidad, y además no habría podido hacerse sin tu consentimiento.

–Lo que pasa es que yo te importo un comino y que soy una estúpida por albergar la esperanza de que te enamores de mí como yo...

Se interrumpió, pero siguió con la mirada clavada en sus facciones de granito.

–¿Como tú qué?

–Da igual. Tienes demasiada prisa para hablar conmigo, ¿recuerdas?

Giannis movió la cabeza como si estuviera a punto de decir algo, pero no lo hizo.

–Ha llegado algo para ti mientras estabas fuera. Mira en el dormitorio –dijo, y salió por fin.

Transcurridos unos minutos, Ava oyó cómo despegaba el helicóptero mientras ella subía por las escaleras. Abrió la puerta del dormitorio principal y se quedó clavada en el sitio, rodándole las lágrimas por las mejillas. Sobre la cómoda descansaba el ramo de rosas rojas más grande que había visto nunca. Por lo menos tres docenas de rosas perfectas dispuestas en un jarrón de cristal desprendían un perfume que inundaba la habitación, y delante del jarrón había una tarjeta escrita con la letra firme de Giannis.

Para mi esposa. Eres todo lo que podría desear o esperar.

Giannis

No se mencionaba el amor, pero las rosas eran una declaración de que albergaba algún sentimiento hacia ella, ¿no? Con mano temblorosa rozó aquellos pétalos de terciopelo y, con un suspiro, se sentó en el borde de la cama. Si hubiera recibido las rosas antes de acudir a su cita con la matrona y hubiera descubierto que Giannis había solicitado una prueba de paternidad, habría interpretado aquel romántico gesto como un signo de que la quería, y le habría hablado de sus sentimientos hacia él.

Ahora que se había serenado un poco, comprendía el porqué de la prueba. Eran desconocidos cuando se acostaron la primera vez, y ella no solo se había creído las mentiras del sobrino de Stefanos, sino que le había mantenido en secreto el hecho de que su padre fuese un delincuente. Ambos se habían ocultado cosas, pero si querían que su matrimonio funcionase —y las rosas eran un síntoma de que Giannis quería que fuera su esposa— debían ser sinceros con respecto a sus sentimientos.

Le había prometido que hablarían cuando volviera, pero la idea de estar esperándolo en casa no le gustó, de modo que descolgó el teléfono y le pidió a Thomas que la trasladara a Atenas en la lancha que Giannis mantenía amarrada en el pantalán de Villa Delphine.

Cuando llegó a las oficinas de TGE en el centro era la hora de comer, y la mayoría del personal se había ausentado. La asistente de Giannis, Sofía, la saludó con una sonrisa.

–Sigue en una reunión. Yo me iba a comer, pero le diré que está usted aquí.

–No, no le molestes. Esperaré a que termine.

Así tendría ocasión de preparar lo que quería decirle. ¿Tan duro podía ser pronunciar las dos palabras de *te quiero*?

Pero a medida que iba pasando el tiempo y esperaba en el despacho de su secretaria, fue poniéndose nerviosa. Igual le había regalado las rosas porque sabía que le gustaban las flores, y ella se había empeñado en deducir todo lo demás.

Se oían voces que provenían del despacho de Giannis, y de pronto una de ellas subió de decibelios y adquirió un tinte decididamente agresivo.

–Te lo advierto, Gekas: o me das un millón de libras o haré pública la historia de que te pasaste un año en la cárcel por matar a tu padre estando borracho. No creo que los accionistas de TGE sigan con ganas de apoyar a su chico de oro cuando sepan que eres un exconvicto.

–Y yo te advierto que no pienso tolerar tu intento de chantaje –replicó Giannis, mirando a los ojos de aquel gusano que lo había llamado aquella misma mañana exigiendo que lo recibiera. Demetrios Kofidis era la razón por la que había tenido que dejar a Ava y desplazarse a Atenas, y estaba impaciente por acabar con aquel saco de basura, volver rápidamente a Spetses y tranquilizar a su esposa.

Se maldijo por haber pensado en pedir esa prueba de paternidad cuando el corazón le decía que el bebé era suyo. Qué lástima no haberla escuchado. Solo le quedaba esperar no haberlo dejado para demasiado tarde el decirle a Ava con palabras lo que había intentado decirle con las rosas.

—Me pagaste para que me mantuviese callado hace cinco años. Págame otra vez, Gekas, o venderé la historia a todos los medios de Europa y de todo el mundo.

Giannis empujó su silla y se levantó.

—Te crees muy listo, Kofidis, pero he grabado tu conversación y, antes de que llegases, avisé a la policía. Si publicas cualquier cosa sobre mí, te detendrán y te acusarán de chantaje antes de que te dé tiempo a pestañear. ¡Ahora, fuera de aquí! ¡Quítate de mi vista!

Tenía los ojos clavados en el periodista cuando oyó el clic de la puerta de su despacho al abrirse.

—Te dije que no quería que me molestaran, Sofía.

—Giannis...

La voz de Ava era apenas un susurro, pero le atravesó el corazón de parte a parte como un cuchillo. Estaba en la puerta, con una mano puesta en el vientre

—¿Qué haces aquí, *glykiá mou*? —le preguntó, intentando aparentar normalidad, intentando ocultar el miedo que le ardía en el estómago mientras se preguntaba hasta dónde habría podido oír de su conversación con el periodista—. Cariño...

—Has estado en la cárcel y no me lo habías contado.

—Puedo explicártelo. Fue un accidente. Mi padre y yo volvíamos de un restaurante, yo conducía y...

—No me lo habías contado —repitió—. Creía que no había más secretos entre nosotros, y todo este tiempo me has estado ocultando algo... porque no confías en mí.

—¡Claro que confío en ti!

Se golpeó la cadera al intentar salir rápidamente de detrás de la mesa, pero Ava ya salía de su despacho.

–Ha habido demasiados secretos y mentiras entre nosotros, ¡y esta es la mayor de todas!

–¡Ava, espera!

Giannis la siguió hasta el vestíbulo, muy concurrido por el personal que volvía de comer. Se disculpó al tropezarse con alguien. Ava llegó a la entrada principal. Las puertas de cristal se abrieron y salió. Él salió unos segundos después.

–¡Ava!

Estaba bajando a toda prisa las escaleras de cemento que daban acceso al edificio, y se volvió para mirarle. En aquel instante perdió el equilibrio y Giannis tuvo que ver, horrorizado, cómo perdía el equilibrio y se precipitaba escaleras abajo. Todo ocurrió a cámara lenta y, al igual que cuando tomó aquella curva de la carretera con demasiada velocidad dieciséis años atrás, sintió estupor, incredulidad y terror.

Él estaba aún en lo alto de la escalera y no había nada que pudiera hacer por salvarla. Ella lanzó un grito y aterrizó en la acera con un golpe escalofriante. Y luego quedó en silencio. E inmóvil.

Un ruido le taponó los oídos. Un ruido, una voz que decía *¡No! ¡No!* Mucho después se daría cuenta de que había sido él quien había gritado. No podía perder a Ava y a su hijo.

Bajó las escaleras a todo correr y se dejó caer de rodillas a su lado para darle la vuelta con sumo cuidado. Tenía los ojos cerrados y estaba mortalmente pálida. Un bulto púrpura se estaba empezando a formar en su sien.

–Ava *mou*, despierta –buscó su pulso y encontró un latido débil. Una multitud de gente se había empezado a congregar en torno a ellos–. ¡Llamen a una ambulancia! –gritó–. ¡Rápido!

Alguien debía de haberlo hecho ya porque se oyó el aullido de una sirena, pero Ava no abrió los ojos y, cuando miró un poco más abajo, vio que la sangre empezaba a empapar su vestido.

El corazón se le detuvo. *Theos*, si perdía el bebé, ella nunca se lo perdonaría y él no podría perdonárselo a sí mismo. Y si los perdía a ambos... la garganta se le cerró y se pasó la mano por los ojos llenos de lágrimas. No podía contemplar su vida sin Ava.

A partir de aquel momento, todo transcurrió como en una nebulosa. Llegó la ambulancia y los paramédicos se hicieron cargo de ella. Con cuidado la tendieron en una camilla. Cuando iban ya de camino al hospital, abrió brevemente los ojos, pero entraba y salía de la consciencia al mismo ritmo que su vestido se iba empapando de sangre.

La última vez que había llorado había sido en el funeral de su padre, pero la garganta le ardía y los ojos se le llenaron de lágrimas al llevarse la mano fría y lánguida de Ava a los labios.

—No me dejes, *agápi mou* —le rogó—. Debería haberte contado lo de mi padre, y ojalá te hubiera dicho cuánto te quiero, ángel mío. Siento no haberlo hecho, y prometo decirte cuánto significas para mí todos los días durante el resto de nuestras vidas si te quedas conmigo.

Quizás fuera su imaginación, pero tuvo la impresión de que Ava movía los dedos. Iba a necesitar cuanta esperanza pudiera acumular al llegar al hospital y ver cómo se la llevaban.

—Su mujer ha tenido un desprendimiento de placenta —le explicó el médico—. Significa que la placenta se ha desprendido de la pared del útero, y ha perdido mucha sangre. Hay que sacar al bebé lo antes posible para salvar la vida de los dos.

Por segunda vez en la vida había dejado para demasiado tarde lo que tenía en el corazón, pensó, mientras una enfermera lo acompañaba a la sala de espera. Un dolor lacerante lo atravesó de parte a parte al recordarse a sí mismo, junto a la tumba de su padre, deseando haberle dicho cuánto lo quería y cuánto lo respetaba, y cómo algún día esperaba ser tan buen padre como él.

Ahora la vida de su hijo y de Ava pendían de un hilo. Ambos eran lo más preciado para él, y no podía ayudarlos. Lo único que podía hacer era ir y venir por la sala de espera y rezar.

Ava abrió los ojos, y por primera vez en tres días no tuvo la sensación de que un taladro le estuviera trepanando el cráneo. Aun así, la conmoción que había sufrido a resultas de la caída había carecido de importancia para ella comparada con el riesgo de perder a su hijo. Por supuesto no se acordaba de la cesárea que le habían tenido que practicar, ni del momento en que su hijo había nacido.

Al despertarse de la anestesia, Giannis le había explicado que, a pesar de la abrupta llegada del bebé al mundo seis semanas antes de la fecha prevista, pesaba dos kilos y medio. Durante el embarazo habían acordado que se llamaría Andreas y, aunque aún se sentía mareada cuando la llevaron en silla de ruedas a la unidad neonatal, había podido tener a su pequeñín de cabello negro en brazos y llorar porque estaba sano y a salvo.

Ahora, setenta y dos horas después, el corazón se le paró un instante al ver a Giannis al otro lado de la habitación, sentado y con Andreas recostado sobre su hombro. La mirada llena de ternura que tenía en aquel momento nunca la olvidaría, y la expresión franca con que la miró la llenó de esperanza.

—Sigues aquí —musitó—. Creía que te habías vuelto a casa unas horas. Las enfermeras cuidarán de Andreas en el nido ahora que ya no necesita cuidados especiales.

–No pienso ir a ninguna parte hasta que os den el alta a los dos –sonrió–. ¿Cómo te encuentras?

–Mucho mejor.

Le habían tenido que hacer una transfusión, llevaba puntos y se sentía intoxicada de medicamentos para luchar contra la infección y aliviar el dolor, pero su hijo merecía todo lo que había tenido que pasar. Se sentó con cuidado y extendió los brazos hacia él.

–Es tan perfecto –se maravilló. El corazón le dolía de amor al contemplar el cabello suave como la seda del bebé, y unos ojos tan oscuros como los de su padre.

–Es un milagro. Los dos lo sois –respondió Giannis con voz ahogada–. *Theos*, cuando te vi caer por las escaleras y pensé que os había perdido... –apretó los dientes–. No sabía qué iba a hacer sin vosotros.

–Se ha quedado dormido –dijo, devolviéndole a Andreas–. ¿Lo pones en la cuna?

Giannis se sentó en la silla que había junto a la cama. Inesperadamente Ava se sintió absurdamente tímida y temerosa, y se aferró a la sábana en lugar de mirarlo.

–¿Qué le pasó a tu padre? –le preguntó en voz baja.

–Yo tenía diecinueve años y acabábamos de fundar TGE mi padre y yo –suspiró–. Nos fuimos a cenar a un restaurante, y me tomé una copa de vino. Desde luego no me sentía borracho, pero incluso la más pequeña cantidad de alcohol puede nublar tu buen juicio. Íbamos de vuelta a casa y conducía yo. Tomamos una curva demasiado rápido y el coche volcó. Yo salí con unas cuantas magulladuras y cortes, pero mi padre sufrió heridas graves –los ojos se le oscurecieron de dolor–. Lo tuve en los brazos mientras esperábamos a la ambulancia y consiguió llegar vivo al hospital, pero murió poco después. Nunca he vuelto a tomar ni una gota de alcohol desde aquella noche, aunque a veces me habría gustado poder adormecer mi sensación de culpa y mi dolor.

–¿Por qué no me lo habías contado? –preguntó, sin poder disimular lo dolida que se sentía–. No fue oír desde el otro lado de la puerta lo que habías hecho lo que me dolió, sino darme cuenta de que me habías ocultado algo tan importante como eso. Yo confié en ti contándote que mi padre era un delincuente, pero en cambio tú me dejaste fuera, Giannis.

–Tenía miedo de admitir lo que había hecho. Hace unos años, me enamoré.

Los celos se le clavaron a Ava en el corazón.

–¿Qué pasó?

–Caroline se quedó embarazada. Su padre era un senador norteamericano que estaba haciendo campaña para las elecciones presidenciales, y cuando le conté que había pasado un tiempo en la cárcel, Caroline se negó a casarse conmigo porque, en sus propias palabras, tener a un convicto como yerno podría dañar las ambiciones políticas de su padre. Me dijo que había sufrido un aborto, pero yo estoy convencido de que eligió no seguir adelante con el embarazo. La oí hablar con una amiga por teléfono y decirle que lo del embarazo ya no era un problema.

–Entonces, cuando supiste que yo me había quedado embarazada de ti, ¿te preocupaba que pudiera hacer lo mismo que ella?

–Estaba decidido a tener a mi hijo, y te traté de manera imperdonable cuando te forcé a casarte conmigo.

Ava lo miró y el corazón le dio un vuelco al ver que tenía los ojos húmedos. El que tenía delante era un Giannis diferente, un Giannis roto, pensó apesadumbrada. Su vulnerabilidad le dolía más que cualquier otra cosa.

–Tú no me obligaste –confesó–. Yo decidí casarme contigo sabiendo que me lo habías pedido porque querías quedarte con el bebé.

–No, Ava *mou*. Esa no fue la razón por la que te pedí matrimonio.

Ella no se atrevía a creer lo que leía en su mirada, o en cómo se habían suavizado sus facciones al mirarla.

–Necesito decirte algo –dijo ella–. Oí las cosas que dijiste en la ambulancia. O yo creo que te oí. No sé si sería un sueño... –se mordió el labio–. ¿Por qué me pediste que me casara contigo?

–Te quiero.

Aquellas dos palabras se quedaron suspendidas en el aire, pero ¿serían un sueño? ¿Tendría el valor suficiente para confiar ciegamente en Giannis?

–¡No! –la voz le temblaba–. No lo digas si no lo sientes de verdad.

–Pero es que lo siento así, *agápi mou*. Te quiero con todo mi corazón y con toda mi alma.

Se levantó con tanto ímpetu de la silla que la tiró al suelo.

–Te adoro, Ava –dijo, sentándose en el borde de la cama y tomando sus manos–. No sabía que me podía sentir así, que podría querer a alguien de un modo tal que no me puedo imaginar la vida sin ti –le apartó un mechón de pelo de la cara con una mano que temblaba–. Cuando te marchaste de Atenas, no entendía por qué me sentía tal mal hasta que mi cabeza logró aceptar lo que el corazón le había estado diciendo. Te echaba de menos, y decidí proponerte que volviéramos a empezar, pero entonces leí la tarjeta de Navidad de tu hermano y descubrí que estabas embarazada.

–Y te enfadaste.

–Me asusté. No te merezco ni a ti ni a nuestro hijo –tragó saliva–. Destruí mi familia con mi comportamiento irresponsable, y me aterroriza pensar que podría haceros daño a ti o a Andreas. *Theos*... –su cara era una mueca de dolor–. Fue culpa mía que te cayeras por esa maldita escalera, y el niño y tú podríais haber muerto. Debería haber sido sincero contigo sobre lo que le pasó a mi padre. Y por supuesto que no quiero prueba ninguna de paternidad. Sé que Andreas es mi hijo. Pero he cometido tantos errores que tengo que dejaros elegir. Si decides llevarte al niño a Inglaterra, no te lo impediré. Lo único que te pido es que me permitas ser parte de su vida.

Las emociones habían salido en forma de torrente de sus labios. Era como si se hubiera reventado una presa y sus sentimientos, su amor por ella, se había derramado para sanar sus heridas y llenarla de felicidad.

—¡Giannis! Cariño mío... —exclamó, abrazándose a él—. Solo podrías herirme si dejaras de amarme, y el único sitio al que quiero ir es donde tú estés, porque te quiero muchísimo.

—¿De verdad?

La inseguridad de su tono de voz le llegó al corazón, y tomó su cara entre las manos.

—Tienes que aprender a perdonarte, y a creerme a mí cuando te diga que te mereces ser feliz y ser amado por mí, por nuestro hijo y por la familia que crearemos juntos.

—Ava —gimió, abrazándola tan fuerte que oyó el fuerte latido de su corazón—. *S'agapó, kardiá mou.* Te quiero, corazón. Mi dulce amor.

Y entonces la besó como si fuera todo lo que había querido en la vida o cuanto pudiera necesitar, y ella le devolvió el beso con todo el amor que había en su corazón, y sus lágrimas de felicidad se mezclaron con las de él.

Giannis la recostó de nuevo sobre las almohadas.

—Nunca tendremos secretos —murmuró entre besos.

—¿De verdad te oí decir en la ambulancia que ibas a decirme a diario lo mucho que me quieres, o lo he soñado? —preguntó, sonriendo.

—No ha sido un sueño, *kardiá mou.* Fue una promesa que pretendo mantener para siempre.

Epílogo

LA VIDA no podía ser mejor, pensaba una tarde mientras paseaba a Andreas en su carrito por el jardín de Villa Delphine. Giannis había tenido que ir a su oficina de Atenas aunque de mala gana, pero llegaría pronto.

—Tu papá llegará enseguida —le dijo a Andreas, feliz, una felicidad que se empañó un poco al ver a la madre de Giannis acercarse caminando por el césped.

—Cada vez que lo veo está más grande—comentó Filia, esbozando una sonrisa al mirar a su nieto, y Ava se sintió mal por no invitarla a Villa Delphine con tanta frecuencia como debería, pero es que los encuentros con Giannis eran siempre tensos—. ¿Dónde está mi hijo? Me prometió hace semanas que pondría su avión a mi disposición para que me llevase a Italia a ver a mi hija, pero aún no me ha dicho cuándo va a ser el viaje. Supongo que ha debido olvidarse de mí.

—Giannis ha estado muy liado últimamente, pero estoy segura de que no se ha olvidado.

—Igual espera que viaje en un avión comercial. Él es rico, pero a mí no me da nada.

—Creo que no estás siendo justa con él —murmuró, sabiendo que le había comprado la casa en la que vivía y que pagaba todos sus gastos.

—Lo que no es justo es que yo lleve ya quince años viuda por su culpa —espetó.

***

Giannis se quedó paralizado, la mano en la puerta de la verja del jardín. Sabía que el seto le ocultaba a la vista de Ava y de su madre, pero él las veía a ellas y oía perfectamente sus voces.

—Giannis me contó lo que ocurrió hace dieciséis años —la voz de Ava sonaba fría y clara—. Sé que quería mucho a su padre, y me parte el corazón saber que no puede perdonarse lo que ocurrió.

—¿Por qué lo defiendes? —oyó que preguntaba su madre.

—Porque cometió un error que yo sé que ha lamentado desde entonces. Fue un accidente de consecuencias devastadoras, pero accidente al fin, y yo sé que el hombre al que amo es bueno y honorable.

—¿Que lo quieres, dices? —se burló—. ¿Quieres decir que no te casaste con él por su dinero?

—Me casé con Giannis porque lo quiero, y lo querría igual aunque no tuviera donde caerse muerto. Lo que ocurrió fue trágico, pero también es una tragedia que usted no haya perdonado a su propio hijo. Sus críticas constantes hacia él tienen que parar, o me temo que no será ya bienvenida en Villa Delphine para ver a Andreas.

Su esposa era una guerrera, pensó Giannis, conmovido por la defensa que había hecho de él. Abrió la puerta y entró. Sus pisadas sobre la hierba no hacían ruido, pero su madre estaba de frente a él y lo llamó.

—Espero que no permitas que tu mujer me amenace con no dejarme ver a mi nieto. ¡Dile algo, Giannis!

—Hay muchas cosas que quiero decirle a Ava, pero lo haré a solas. Déjanos, por favor.

Filia fue a responder, pero al ver su expresión, se lo pensó mejor, dio media vuelta y salió.

—Lo siento si he molestado a tu madre, pero he dicho lo que pienso. No voy a permitir que continúe haciéndotelo pasar mal. ¿Qué haces? –preguntó, cuando Giannis empujó el carrito hacia el invernadero.

–El dormitorio queda demasiado lejos para lo que tengo pensado –murmuró, y recorrió su cuerpo con las manos–. Eres tan hermosa, tan perfecta. Mía para toda la eternidad.

Ava llegó a la conclusión de que sus sueños se habían hecho realidad.

–Toda la eternidad... ¡me parece perfecto!

Bianca™

Lo tenía todo… ¡excepto a su esposa!

SEDUCCIÓN ABRASADORA

Melanie Milburne

Vinn quería que su esposa, Ailsa, volviera con él. Dado que Ailsa le había dejado hacía casi dos años, estaba dispuesto a recurrir incluso al chantaje para conseguir una reconciliación temporal según unas condiciones impuestas por él.

Pero la apasionada Ailsa se enfrentó a él. Por ese motivo, a Vinn no le quedó más remedio que recurrir a la seducción para obligarla a rendirse a sus deseos.

¡YA EN TU PUNTO DE VENTA!

Acepte 2 de nuestras mejores novelas de amor GRATIS

¡Y reciba un regalo sorpresa!

Oferta especial de tiempo limitado

Rellene el cupón y envíelo a
Harlequin Reader Service®
3010 Walden Ave.
P.O. Box 1867
Buffalo, N.Y. 14240-1867

¡Sí! Por favor, envíenme 2 novelas de amor de Harlequin (1 Bianca® y 1 Deseo®) gratis, más el regalo sorpresa. Luego remítanme 4 novelas nuevas todos los meses, las cuales recibiré mucho antes de que aparezcan en librerías, y factúrenme al bajo precio de $3,24 cada una, más $0,25 por envío e impuesto de ventas, si corresponde*. Este es el precio total, y es un ahorro de casi el 20% sobre el precio de portada. !Una oferta excelente! Entiendo que el hecho de aceptar estos libros y el regalo no me obliga en forma alguna a la compra de libros adicionales. Y también que puedo devolver cualquier envío y cancelar en cualquier momento. Aún si decido no comprar ningún otro libro de Harlequin, los 2 libros gratis y el regalo sorpresa son míos para siempre.

416 LBN DU7N

Nombre y apellido	(Por favor, letra de molde)

Dirección	Apartamento No.

Ciudad	Estado	Zona postal

Esta oferta se limita a un pedido por hogar y no está disponible para los subscriptores actuales de Deseo® y Bianca®.
*Los términos y precios quedan sujetos a cambios sin aviso previo.
Impuestos de ventas aplican en N.Y.

SPN-03   ©2003 Harlequin Enterprises Limited

DESEO

*Aquel sensual texano fue tan solo la aventura
de una noche… hasta que se convirtió en su
cliente y luego en su falso prometido*

Amantes solitarios

JESSICA LEMMON

La aventura de Penelope Brand con el multimillonario Zach
Ferguson fue tan solo algo casual… hasta que él fingió que
Penelope era su prometida para evitar un escándalo. Entonces,
ella descubrió que estaba embarazada y Zach le pidió que se
dieran el sí quiero por el bien de su hijo. Sin embargo, Pen no
deseaba conformarse con un matrimonio fingido. Si Zach quería
conservarla a su lado, tenía que ser todo o nada.

¡YA EN TU PUNTO DE VENTA!

Bianca

**Se había resistido a él en una ocasión…
¡pero aquel multimillonario jugaba para ganar!**

DESEO MEDITERRÁNEO

Miranda Lee

Una lujosa casa en la isla de Capri iba a ser la última adquisición del playboy Leonardo Fabrizzi, hasta que descubrió que la había heredado Veronica Hanson, la única mujer capaz de resistirse a sus encantos y a la que Leonardo estaba decidido a tentar hasta que se rindiese. La sedujo hábil y lentamente. La química que había entre ambos era espectacular, pero también lo fueron las consecuencias: ¡Veronica se había quedado embarazada!

¡YA EN TU PUNTO DE VENTA!